天球儀の海

尾上与一

キャラ文庫

この作品はフィクションです。
実在の人物・団体・事件などにはいっさい関係ありません。
現代では不適切とされる表現がありますが、作品の時代設定を鑑み
発表当時のまま収録しています。

目次

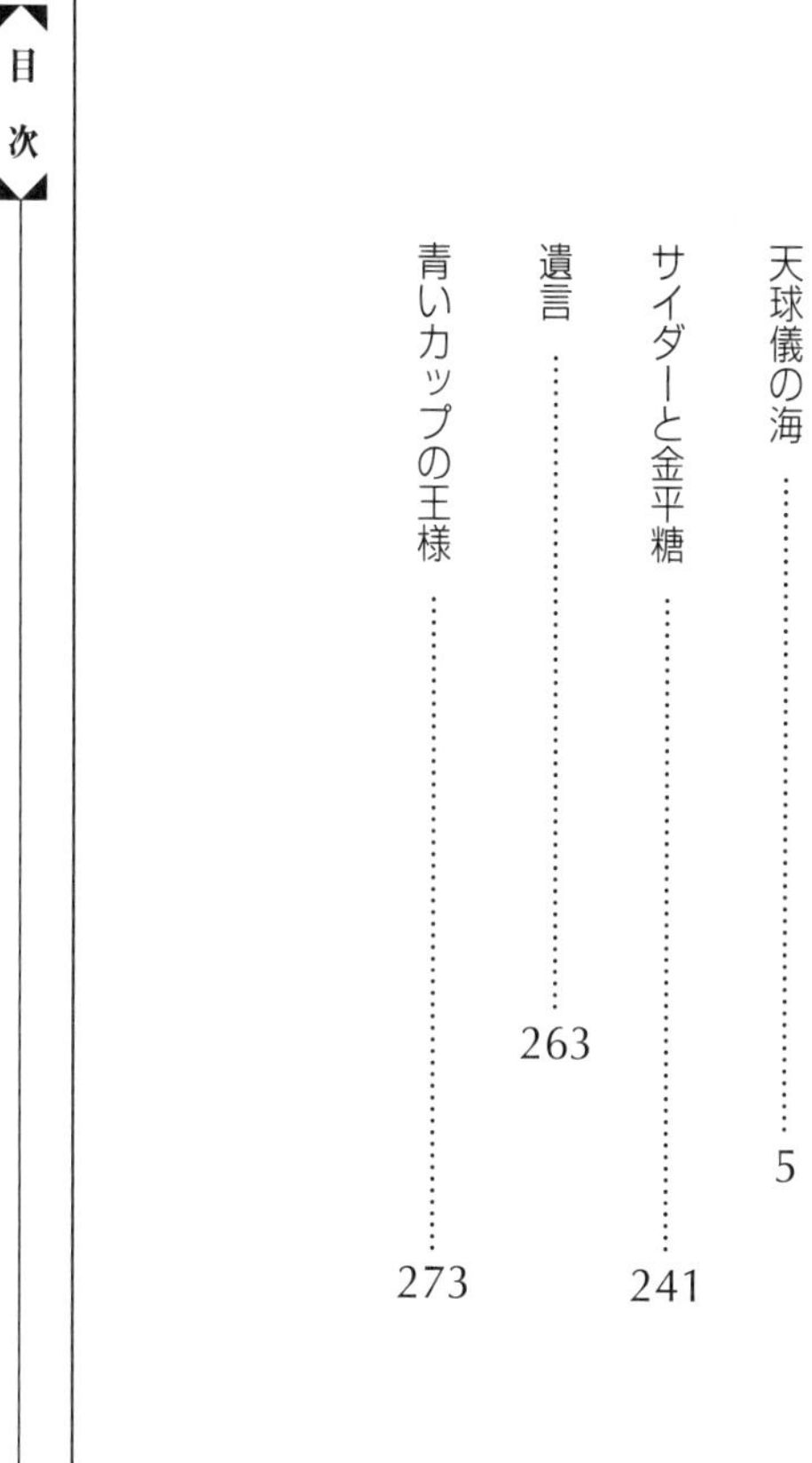

天球儀の海

口絵・本文イラスト／牧

天球儀の海

星空にオリオン座が輝いている。

長方形のまん中を三連星で絞った、砂時計の形のような星座だ。三連星を左下へ辿ると、ひときわ光る、蒼白いシリウスが見える。

満天の星だった。ちょうど希が空を見上げたとき、三連星の陰から、すっと星がひとつ流れた。吉兆のようで、余計に嬉しい心地になった。

希は真夜中のあぜ道を歩いていた。隣にランタンを提げた、林と名乗った男が一人、後ろに二人。草の生えた道のまん中を挟んで、轍の中を二列になる。刈り取られた稲の根がデッキブラシのように何列にも並んでいる田を、霜のような月光が照らしていた。冬の泥と枯れ草のにおいが、夜気に湿って満ちている。両脇から伸びる枯れ茅に半長靴が触れてガサッと音を立てた。温暖な九州も冬の気配だ。

ランタンに火は灯されていないが、月が明るい。草の根元まで見えて歩くのに何の心配もなかった。足取りは余計に揚々とした。

誰もが無言だった。後ろの男の片方は、母のもらい泣きをしてまだ洟をすっている。

いい月夜だった。上気した顔に、夜露を含んだ冷たい空気が心地いい。唇から零れて白く後ろに流れてゆく吐息に頬を撫でられているようだ。

夜道を歩くのはとても楽しい。子どもの頃は、果てしなく夜が続くような、夜明けが来たら世界が終わってしまうような、あてもない想像を真実のように信じていた。そして今は、この夜がずっと続くことを希は知っている。

鼻先と耳の縁が冷たかった。国民服の上着だけでは寒い夜で、中にもう一枚着込んでくればよかったと思ったが、みんなの足を止めてまでわざわざ服を取り出すほどの距離ではない。それより早く到着したかった。逸る歩調を抑えるのに苦労した。早くあの人の側に行きたい。

俯いてざくざく歩いているとなんだか笑い出してしまいそうだ。希は表情を引き締めてまた夜空を仰いだ。騒がしいほどの星空だ。カシオペア座が白墨でWの線を引いたようにはっきりと見える。アルデバランが光波標識のようにチカチカと光っている。唇を結んでいるつもりだったのに、呼吸と堪えきれない笑みでほどけて、小さな笑い声になった。

外套姿の林が、帽子の鍔の下から気味悪そうに希を見る。後ろの二人がひそひそと声を交わすのも聞こえてきた。マズイと思って希は顔に力を入れたが、やっぱり無理だ。にやける口許を手で覆い、それでも隠しきれずに俯いて笑うと「ふ」と声が漏れた。

浮かれていると自分でも思う。嫁入り道中のようにも思えるのだから、本当にどうにかしてしまったのかもしれない。

星冴える、風のない夜は凍ったようにしんとしている。自分たちが立てる音だけがざくざくと乱雑に響くのが、また希の笑いを誘う。

若宮(わかみや)の杜(もり)の前を通り過ぎ、涸(か)れた用水路に架かった石橋を渡ると、明るい星空に山のように大きな屋敷の影が浮かび上がった。

手のひらのトンボ玉を握りしめる。それをきっかけにまた頬がゆるむ。駆け出したくなって自然に背筋が伸びる。そんな自分を林は気味悪そうに横目でチラチラ見るだけになった。

きっと葬列のようになると予想してきたのだろう彼らにとって、飛び跳ねるのを必死で堪えている自分の浮かれ具合は不気味だろう。恐怖や絶望が大きすぎて、頭がどうにかしたと思われているかもしれない。

よく考えると確かにおかしい。そう思うとまた笑いが込みあげてくる。

自分は今から死ににゆくのだ。

†
†
†

昭和十九年、十一月。

盧溝橋事件から七年、大東亜戦争の開始が宣言された真珠湾攻撃から三年。

緒戦こそ大進撃を重ねた日本だが、今年になって戦況ははかばかしくないようだ。最近はこんな九州の田舎でも、物資の不足が囁かれ、勇ましいのはラジオの声ばかりとなっている。夕刻になれば、空襲の目標にならないよう電球に笠を垂れて息を潜める生活だった。ましてこんな真夜中では家の明かりはどこにも見えない。

梢の間から星が覗いている。犬の遠吠えが聞こえていた。

成重家の門前に到着した希たちは、正面の立派な門をくぐらず、堀のある白塀に沿って屋敷の裏側に回った。

二十三時に到着する予定だったが、二十分ほど早く着いた。裏門は開けっぱなしになっている。希が門をくぐると、背後で一番最後に門を通った男が、音を殺して門扉を閉めた。

奥には大きな屋敷が広がっている。そのさらに奥には神社のような広い庭があり、頭上には空を覆う巨大な影が、黒々と星空を切り取っていた。大欅だ。仰いでいると「こっちへ」と林の影が手招きをする。

裏玄関には明かりは灯っていない。暗がりの中、林ががらりと戸を開ける。先に中に入った彼は中から手招きをした。

玄関前で一礼して、希は三和土に足を踏み入れる。暗い上がり框に、痩せた白髪の男が端座していた。林が声をかける。

「ただいま、加藤さん。旦那さんは」

「お部屋でお待ちやわ。その方?」

皺の入った瞼の下から、窺うように希を見た。

「よろしくお願いします。……希といいます」

頭を下げるとき、『琴平』と名乗るべきかどうか迷ったが、夜が明ければ『成重』という名字になる身の上だ。少し悩んで名前だけを名乗り、希は肩に荷物をかけたまま深々と頭を下げた。

林に案内されて廊下を歩き、台所や納戸の横を通って明るいほうへと進む。磨き上げられた廊下が長い。ずいぶん部屋が多いようだ。成重家には他の家同様、多くの軍人が下宿している。彼らと会わないように、慎重に気配を窺いながら奥の間に向かうと、廊下の果てに、ほの明るく光る障子が一枚あった。

「旦那さん、琴平さんが到着しました」

林は腰を屈めてその障子を開け、さらに奥にある襖に声をかけた。返事を待って襖を開ける。部屋の奥には着物に身を包んだ男性が、脇息に寄りかかって座っていた。鼻髭を蓄えた威厳のある容貌で、胸の下に段ができるほど恰幅がいい。ぎょろりとした目、長く伸びた眉がいかにも身分がありそうな印象だ。

希を部屋に入れて襖を閉めると、林はその場で襖を背にして座った。希もその隣に膝を落とした。

これが成重家の当主、成重徳紀だ。海軍中佐で海軍省に勤めている。三年前のマレー沖海戦で活躍し、凱旋後は内地で執政に関与していると聞いていた。地元の大地主であり政治家でもある。郷土の誉れと名高い男だ。

希は居住まいを正し、畳の縁の手前に手をついて、短く刈った髪に覆われた頭を深く下げた。

「琴平希、十八歳です。筑波空で中練を終え、先月大分に帰ってきました」

戦闘機に乗る新人航空隊員として、希が大分県の基地に配属されたのは二ヶ月前のことだ。中学を繰り上げ卒業後、飛行予科練習生を志願し、霞ヶ浦で初練、筑波で中練を終え、飛行要員として最終練を積むべく大分県の航空隊に配属となった。希の生まれ故郷だったのは僥倖だ。

徳紀と面と向き合うのは初めてだが、徳紀のほうは先日、希を見ている。この話が纏まったあと、視察をするという名目で航空隊基地にやってきた。遠目に希を眺めて容貌などを確認し、役目に相応しいと認めてくれたらしい。

徳紀はゆっくりと居住まいを正し、温厚そうな口調で言った。

「道中ご苦労だった。父上はお達者かな。兄上たちも」

「はい。父は相変わらず天文台詰めです。次兄も父の側におります。長兄は農地指導で今は兵庫におるそうです。三男はラバウルです」

希の父は天文学者で東京の大学に勤務している。次男は父の助手として働き、長男は農学者で、効率のいい農業を指導するために日本中を転々としていた。すぐ上の兄は、海軍航空隊の零戦乗りとして南方に出征していて、『航空隊の華』と呼ばれるラバウル基地で気を吐いている。

じっと希を見つめていた徳紀は、「希くん」と改まった声で言った。

「今日から儂を父と思い、この家を自宅とも思ってくつろいでくれればありがたい。ご実家にはくれぐれも手厚くすると重ねて約束する」

「過分のご配慮、恐縮です」

「なに、君が引き受けてくれる無理に比べれば造作もないことだ。君の厚意に甘えてしまって本当に申し訳ない」

海軍中佐であり執政に就く男が、たかだか予科練上がりの希に、これほど篤く頭を下げて礼を言うのには理由がある。

「いいえ、自分が望んだことです。小さい頃、坊ちゃんに助けていただかなければ、一度もお国の役に立つことなく、今の自分は、この世におりません」

その話も一番初めに来た密使に伝えておいた。希は小さい頃、成重家の長男に助けてもらったことがある。彼にとっては些細な出来事だったかもしれないが、希には胸の底で熱く燃える大切な思い出だ。

故郷の九州に帰ってすぐの話だ。

希の偶然の帰郷に喜ぶ琴平家に、成重家から使いがやって来た。内々に相談があると言う。使者が言う願いごととは、希に宛てられたもので、成重家の長男の身代わりになってくれないかという相談だった。命のかかった重要な役目で、極秘中の極秘だと言う。

提案に希は飛びついた。

あのときの恩を返せる——。

自分の一念や妄執が作り出した奇跡ではないかと信じられない気持ちだった。

一も二もなく頷いたあと、希は密使の男に縋りついて事情を聞いた。すると彼は口を噤み、翌日別の密使がやって来た。初めの男よりやや地位のありそうな男で、林と名乗った。彼が語るのはこうだ。

海軍上層部に勤める徳紀の情報によると、海軍航空隊内で特攻隊の編制が内々に計画されているという。

『特攻隊』——特別攻撃隊とは、簡単に言えば体当たり部隊のことだ。

戦死を前提に、爆弾を抱えた航空機に乗って敵艦に当たる自爆攻撃——自らが乗る機体を爆弾に変えて、二度と戻らぬ捨て身の攻撃に向かう人間爆弾だ。

物資と工業力で圧倒的に勝る連合国相手に、我が日本軍の戦況は急激に悪化している。海軍の大艦隊も、無敵と言われた航空隊も今や見る影もなく、まさに近海まで敵大艦隊が押し寄せているというのだ。

戦艦も足りず、航空機も燃料も足りない。形勢を盛り返すためには、もはや一人千殺の活躍をするしかない。

そこで捻り出されたのが特別攻撃だ。敵の弾をかいくぐり、必中の意志を持って、自ら狙った場所に必ず着弾する肉弾兵器。人が操る人間爆弾こそが起死回生の秘密兵器ということだった。

特攻機の実戦投入は、海軍が決戦地とするフィリッピン中部のレイテ沖周辺か、小笠原諸島あたりからではないかという極秘情報だった。成果が上がれば、順次日本中に特攻隊を編成する計画があるらしい。

残酷な攻撃方法だと人は思うかもしれない。それでも自分たちがやらなければ、鬼畜米英の侵略から誰が日本を守るというのか。

特攻隊は熱望する志願者のみで編成されると林は言った。強制ではなく、年老いた親がいる家や、乳飲み子だけの家を除く『後顧の憂いのないものから募集するように』というのが条件だ。しかし『お国のために命を惜しまぬ者は手を上げよ』と言われれば、上げずにいられる人間はいないだろうことは軍人なら誰でも想像がつく。手を上げなければ非国民だ。軍人の風上にも置けぬと非難される。

さらに『男子が一人しかいない家からは採らない』『すでに兄弟が戦死した家からは採らない』というのも志願の条件だったが、そのような条件などすぐに立ち消えになることは、少し話を聞くだけでも察しがついた。希はまだ新兵だが、訓練中、耳に入るだけでも熟練搭乗員の訃報は数え切れないほどだった。もう練度を吟味している暇はない。早く飛び立てと追い立てられるように育てられた希たち自身が、誰より搭乗員の消耗を感じている。

そんな状況の中、海軍中佐であり海軍省で重責を負う成重の家が、出せぬ存ぜぬでは軍に示しがつかない。嫡男であっても、兄弟がいなくてもだ。また大地主で他家の見本であるべき成重家が、一人も特攻に出さないのも都合が悪い話だった。

そこで成重家の秘策はこうだ。家から一人特攻隊員を出すことができれば面目は立つ。適切な家から養子を取り、長男の代わりに出撃させるのはどうか、と。

琴平家に白羽の矢が立った。その理由も聞いた。

希が同郷出身の四男というだけではない。形だけでも成重家の養子となると、男子なら誰でもいいわけではなかった。貴族の子とは言わないまでも、身代わりに相応しい家が探されたということだ。希の家が、父をはじめ、兄二人が学者であること、希が数合わせの学徒動員ではなく、筑波航空隊基地で修練を積んだ、れっきとした飛行予科練習生であるからということだった。成重は、成重家に養子に入るために、父の地位や希の履歴は十分だ。

成重は、大金の約束をし、残った家族の面倒を申し出てきた。

母は泣いて反対した。

——どうして死ぬと決まっているところに息子を送り出せましょうか。

希が宥めた。

——うちは兄ちゃんたちが二人も内地におる。俺もどうせ空に散る身です。思う通りにさせてください。

頑なにそう言い張って、家族の反対を押し切った。これ以上反対するなら家を出るとまで言った。

最後に母は涙声で希を詰った。

——あんたはいっつもそう。

日ごろは大人しく、だが言い出したら聞かないと、家族は皆、希をそう評する。大学進学を断り、戦闘機に乗るために予科練に入ると言ったときも同じ言葉で叱られた。

厳しい顔の徳紀が、潤んだ目で希を見る。苦悩の滲んだ声だった。

「知っての通り、成重の男子は資紀ただ一人だ。姉はおるが他家に嫁いでいて、家内は身体が弱く、その後は子に恵まれなかった。苦渋の決断だ。許してくれ」

希は首を振って頭を下げた。

成重家の養子に入り、資紀の弟という戸籍を背負い、成重希として出撃する。

資紀の命が助かる。どこにも悪いところは見当たらない。心配だった姉たちや、病がちの母のことは、成重家が請け負ってくれると誓ってくれた。母の療養を助け、もしものときには必ず彼らを、東京の父か兄たちの元に送り届けると約束してくれた。航空隊員として、いつどこの基地に飛ばされるかわからない自分より、よほど心強い約束だ。

「明日から、戸籍は成重希となる。隊にも手続きを取っておくからそのつもりでおってくれ」

「はい」

「隠遁の身に甘んじる屈辱も、なんとか堪えてほしい」

「承知しています。家族との別れも済ませてきました」

条件の中に、成重の家に入ってから出撃まで、極力人に姿を見せないことが含まれていた。あからさまに身代わりの噂が立つのはまずいというのだ。書類と出撃の事実は必要だが、『成重は身代わりを立てた卑怯者』と郷土で噂されるわけにはいかない。

出撃命令が出るまで人目を忍び、出撃命令が下りたら、黙って航空機に乗って出撃する。兵隊なら――人間なら、屈辱的で酷いことだと思うかもしれない。何しろ命を肉弾に変えて海の上に散るという残酷な最期を迎えるのだ。せめて名前を挙げられ、お国のために役に立ったと褒められたい。人に惜しまれ、遺影の前で涙されたい。それを諦め、ひっそりと戸籍上の死に甘んじることに耐えられるかと訊かれ、希は頷いた。たしかに父母の誇りになって死にたい気持ちはあるが、資紀の命を救えると思うと簡単に諦めはつく。隠れ住むのもせいぜい数日から半月程度になるだろうと聞いている。出撃するときは慌ただしいし、全国から集う航空隊員が入り交じっているから、大きな声で名乗らない限り、誰が誰だかはっきりわからない。それでいい。資紀のためなら、自分が満足して死ねるのならそれでいいと決めてきた。会えないだろう父には手紙を書き、母と姉たちには先ほど、今生の別れを言い渡してきた。

希は徳紀の特別な申し出により、基地付きのまま特別任務のため離隊となった。今夜からこの屋敷のどこかに隠れ住むことになる。

徳紀は、押し殺したような息を長くついた。

「本来なら、ここに資紀を呼んで、直接君に礼を言うべきだが、伝えたとおり、身代わりなどいらんと言って聞かなくてな。ようやく宥め賺したところだ。実際希くんに会えば、また心を乱すかもしれん。後日、改めて必ず礼を言わせることにしよう」

「大丈夫です。基地に着任したときに、お姿を拝見しました。自分も、なるべく坊ちゃんのお目にかからないよう気をつけます」

うっかり忍び笑いを浮かべそうになった。彼らしい。海軍の将たる心根の持ち主なのだから、そうあっても当然だ。

誇り高く、美しい人。殺身成仁(さっしんせいじん)をいとわぬ、心の澄み切った高潔な人。

だからこそ、自分は彼の代わりに死にたい。徳紀の言葉を聞いて、希の決心は一層固くなる。

道すがら、林から成重家の事情を打ち明けられていた。

資紀は、この身代わりの話について、そんな卑怯がまかり通るかと激怒したらしかった。

死ぬを怖さに戦場から逃げるなどあり得ないというのは、将校として当然の判断だ。それに徳紀が地主の心得を言い聞かせた。

――儂が死んでもおまえがおる。だがおまえが死んだら誰が残る？

琴平家なら家が絶えてしまうだけだが、農家を束ねる大地主の成重家が滅べば、多くの農家が路頭に迷う。国内はすでに食糧が不足しており、海外に侵出している軍にとっても、内地から送られる兵站(へいたん)は命綱だ。

農業を守ることは、国民にとって軍事以上に重要だというのが、代々地元の農地を治めてきた徳紀の考えだと聞いた。『戦争で勝っても、飢え死んだら何の話かわからんだろう』という農学者である希の長兄の言葉と同じだ。

特攻から逃げるのは軍人の恥だと言い張る資紀を、大勢の小作たちの命と天秤(てんびん)にかけさせて、なんとか説き伏せたという。

もしも今、成重が希に身代わりを頼まなくとも、いずれ戦況に乗り、希も特攻へ追いやられるだろうと資紀に伝えたと聞いた。資紀と違い、四男の希は逃れる術もない。遅かれ早かれ同じことなら誰かが生きたほうがいいと言い含めた。それでようやく折れたと、大儀そうな様子で林はなりゆきを打ち明けた。だから、すぐには希に礼が言えないだろうと申し訳なさそうにも言った。それにすら希は満足だった。

相変わらずシリウスのような人だ、と希は胸を熱くした。白く激しい輝きを失わない資紀の誠実さに、憧れはなお強くなるばかりだ。

希は顔を上げて徳紀を見つめ、しっかりと言った。

「自分は、お国と坊ちゃんのために、喜んで特攻に行きます」

「ありがとう」

徳紀は感じ入ったように希に答え、何度も頷いた。

† † †

希の中の海音は、真砂を繰り返し揺するような優しい波音だ。

故郷の海が波の静かな内海だったから、夢の中でもさざ波は、歌声のように穏やかだった。

夢の中の希は五歳だ。

暮れたばかりの夜が空を覆っていた。滲み出すように光っていた星が刺を出しはじめる。

山から続く川の終わりだ。川といっても水はすでに潮水で、波が打ち、潮の満ち引きがある。

対岸はあるが左は黒々とした海が広がっていて、昼間なら遠く水平線が見える場所だ。水平線は今は、星空と海を分ける境界として、遥か向こうに黒く横たわっていた。

海に映った星でも眺めておけと言われたが、そんな余裕はどこにもない。

夢の中で小さな希は、砂浜の波打ち際に一人置き去りにされていた。「待っておけ」と言い渡されて誰にも届かない泣き声を上げている。

十三年前の記憶そのままの夢だった。波音がして、潮のにおいまでがする。何度も繰り返し見た夢だ。心細さまでが鮮明だった。

昼間は聞こえなかった潮騒が、夜空の天井で反響しているようにだんだん大きく聞こえてくる。

こんな時間にひとりぼっちで外にいたことはない。一人きりで浜辺に来ることも初めてだった。

「恒兄ちゃ……」

心細く呼んでみて、希は途中で、ひい、と泣いた。

瓦礫の隙間に右手を差し込んだら抜けなくなった。潰されるような痛みはないものの、手先をガッチリと噛み込まれて引き抜けない。捻ってみるとコンクリートの隙間の中で、指先が妙な具合に曲がったまま引っかかって、そのまま動けなくなった。割れ目で擦ったのだろう、手首のあたりが、潮が沁みてひりひりと痛い。

春の海辺は寒くなかった。だが陽が落ちれば冷えてゆく。波の上を滑ってきた冷気が、闇とともにどんどん砂浜に打ち寄せられてきた。

潮が満ちるほどに波打ち際が静かに迫ってくる。挟まれた右手の先が痺れて冷たくなってゆくのに希は怯えた。

またえずくような不安が込みあげて、ひいひいと泣いてみる。応えるのは、ざざんざざんと繰り返す波音だけだ。

昼下がりのことだった。家でおやつの炒り豆を食べたあと、庭先で青いジャノヒゲの実をちぎって遊んでいるとき、ふと顔を上げると目の前がぽっかり開いているのが見えた。

乾いた砂の庭、灰色の飛び石の隙間、開いた裏庭の門までがまっすぐ見えて、その向こうも明るく希の目の前に開けていた。

誘われるように庭を出た。背後から呼びかける者も、希の腕を引っぱる者もなく、知らない景色の中を水のようにさらさらと流れて浜辺に辿り着いた。父や兄に連れられて何度も来たことがある遠浅の砂浜だ。

ひとりで来てはならぬと言われていた。波は音もなく忍び寄って子どもを攫(さら)うから、絶対に大人と一緒でなければ駄目だと約束させられていた。

だが見渡す海は青く凪(な)いで、波は遠く、水は川のように静かに浅く流れていて何の危険も見当たらない。砂浜に木の枝で絵を描き、波打ち際で小貝やヤドカリを拾う。高波が怖いことは幼い希も知っていたから、海の中には入らず、波が撫でたあとの砂の上に這(は)う小蟹(こがに)を拾っては水から逃げた。

貸し切り御免の広い浜辺だ。好き放題に波打ち際を走り、黒い砂鉄まじりの砂を海水が湧くまで掘り返す。

そうして思う存分に遊んだのはよかったが、堤防の側に積み上げられていた、砕いたコンクリートのところで遊んだのが拙(まず)かった。

川に橋を架けたときの瓦礫だ。大人の背丈より遥かに高い厳(いか)つい山が、希には城に見えた。

堤防の石垣が交じった山に、小貝を並べヤドカリを這わせ、流木を挿したり網の端切れをかけたりして遊んだ。帯に挟んだ袋の中から取りだしたジャノヒゲの青い実を盛りつけて遊んでいたときだ。ぐらっと瓦礫が傾いたのと、希が隙間に転がった青い実を取ろうと手を差し込んだのは同じ拍子だった。

あっと瓦礫に手をついたとき、上のほうがさらにズレた。幸いにも崩れ落ちてくることはなかったが、隙間に突っ込んだ右手が抜けなくなってしまった。それでも懸命に引き抜こうとし、それも叶(かな)わず諦めかけたとき、希はゆっくり我に返った。

家族は自分が浜に遊びに来ていることを知らない。誰も助けに来ない。

抜き出そうとしたり、瓦礫を押し戻そうとがんばってみたがぜんぜん駄目だった。それどころか、更に瓦礫がズレて、噛みつかれたようにまったく手は動かなくなった。

そのうち陽は傾き、波打ち際がじわりじわりと迫りはじめる。同じところを撫でているように見える水の曲線が、いつの間にか近寄ってきている。指で這うようにそろりそろりと近づいてくる。遠く眺めていた波打ち際がもはや一間(いっけん)先にある。寄せる波は淡く白い泡を立てながら、幽霊の手のようにすぐそこまで迫ってきた。自分が書いた大きなラクガキも足跡も、龍の頭蓋骨のような流木も、海面に沈んで見えなくなった。

湿った潮風が着物に染みこむ。恐怖心が湧き上がってきて希は泣きはじめた。

しばらくは必死で泣いたが、誰も助けに来ない。あーんあーんと二、三度泣いてはすすり泣く、それにも疲れて途方に暮れて、また手がひりひりと痛みはじめてあーんあーんと泣いてみる。

このまま溺れてしまうのだろうか。確かな予感に震え、また二度ほど声を上げて泣いた。

疲れきってコンクリートの塊に頭をもたせかける頃、遠くに人影が見えた。

夕暮れになっても家に帰らぬ自分を心配して捜しに来た、兄の恒だ。

離れた場所で「あっ！」と彼は声を上げた。希に気づいたらしい。三歳年上の恒は、砂を蹴散らしながら全速力でこちらに駆けてきた。安堵（あんど）した希が、泣き声を上げて恒に手を伸ばす前に「この、馬鹿希が！」と恒は怒鳴って、いきなり希の頭をげんこつで殴りつけた。希は、わあっと大きな泣き声を上げた。

恒と二人で手首を引っ張ってみたが、一度ズレた瓦礫はなかなか動かない。流木で梃子（てこ）を入れようとしたら上のほうがぐらぐらと揺れて落ちてきそうになった。

厳しい顔でぐっと唇を結んだ恒は「大人を呼んでくる」と言って立ち上がった。希は「にいちゃん」と叫んで恒の裾に片手でしがみつく。置き去りにされたら今度こそ溺れてしまう。すでに陽は落ち、波はそこまで寄せている。青かった空は茜（あかね）を映し、それも褪（あ）せて今は星が輝き、恒が側を去ったら途端に、大きな黒い水に呑（の）み込まれてしまいそうだ。

恒は「泣くな！」と激しく希を叱りつけ、「男なら肝太く、海に映った星でも眺めておけ！」と怒鳴って砂浜を駆け戻ってしまった。

夜の浜辺にまた一人だ。

恒が希を見つけ損なわないようにと願いながら、希は嗄(か)れはじめた声で必死に泣いた。その声さえも澄んだ藍色の夜と波音に溶けて、はたして本当に音になっているかどうかもわからない。するとしばらくしてから上のほうから人の声が聞こえてくる。

去ったばかりの恒がもう戻ってきたのかと驚いた。

声に続いて蹄(ひづめ)の音と、軽い嘶(いなな)きが聞こえた。上から覗き込むような気配がした。

「子どものようですな」と男の声がする。「こんなところに？」と訝(いぶか)しげな若い声も。

気配は堤防から一度離れて、向こうの細い坂から器用に馬で降りてきた。

掲げられたランタンの灯に、金ボタンのある黒い制服が映った。

「誰かおるのか！」

強い口調で誰何(すいか)され、希はまたひい、と泣いた。

後ろにもう一頭馬が続いている。馬の上から若い声が怪訝(けげん)そうに言った。

「子どもか」

「そのようでありますな」

手前にいた男は馬を下りた。

「おい。どこの坊(ぼん)か。こんな時刻にこんなところで何しちょるんか」

彼は希に呼びかけながら砂浜を歩いて近寄ってきた。黒い詰め襟、腕章を嵌(は)めている。腰にはサーベルを提げている。警官だと希にもわかった。だとしたら助かるのか叱られるのかわからなくてまた、わあっと泣いた。わあわあと声を上げていると、近くで小さく馬が嘶く。

泣きながら目を開けた希は、警官の後ろにいる馬を見て大きく目を見張った。

金の光を溜めたランタンが翳される。

光の中に浮かび上がるのは恒より少し年上ぐらいの少年だ。白い開襟シャツに、大人のような黒い長ズボンを穿いている。海軍のような鍔のついた白い帽子、手綱は一目で錦とわかる白と紺色で綯われていた。

泣くのも忘れてぼうっと見上げていると、彼が馬から下り、ランタンを翳しながら警官の側までやって来た。

警官は、あちこちから希の手の周りを覗き込んでから、少年を振り返る。

「右手が挟まっているようですな、坊ちゃん」

「なんとかならないか」

「もう一人、上の瓦礫を押さえる男がおりましたら、どうにか動かせそうですが」

「俺が押さえていよう」

「坊ちゃんはおやめください。小官が叱られてしまいます」

「俺が黙っていればよいことだ。さあ」

砂の上にランタンを置いた彼が、警官を押しのけるように希に近づく。そのとき遠くから声が聞こえた。

「――希！　希！」

砂浜の果てに人影が見えた。顔が見えないくらい、とっくに夜は暗い。

「恒兄ちゃん！　大兄ちゃん！」

聞き覚えのある声に、希は悲鳴のような泣き声を上げた。恒と、恒の更に五つ年上の次男、大だ。

「誰か」

息を上げて駆け寄る二人の兄たちに、厳しい声で警官が尋ねた。大が答えた。

「小安の琴平です」

「おお、学者先生んとこの子か」

大が地区と名字を答えると、警官は得心げな声を出した。近所では一軒しかない珍しい名字だ。

「はい。いちばん下の弟が、浜辺で岩に挟まれて動けなくなったと聞いて、飛んできました」

「こんなところで何しよったんか。子どもを一人で浜辺で遊ばせたら危ないんはわかっちょるやろうが」

「すみません、目を離した隙に」

自分のせいで大が叱られるのを見て、希は、わあと声を上げて泣いた。

「恥ずかしいけん泣くな！　男んくせに！」

恒がまた拳で希の頭をこづく。

「やめんか、恒」と温厚な大が言った。

警官はさっき恒が使おうとした木材を、自分が持ってきたように威張って拾い上げ、兄たちを代わる代わる見た。

「これを梃子にして、儂らが押さえとるあいだに、下の坊、弟を引っ張り出せ」

「うん」

警官が木材を持ち、大が積み上がっている瓦礫を押さえる。

「できるだけ遠くに引っ張れ、恒」

大が言うと、恒は大きく頷いた。

「――わかった」

そして恒の声と同時に、違う声が耳元で聞こえる。えっと希は左を見上げる。『坊ちゃん』が希の脇に手を入れている。向かいで恒も驚いた顔をしている。

濃い磯の香に混じって、ほのかな樟脳のにおいがした。希の家の箪笥に入っているツンとするにおいではなく、花のように香る控えめなにおいだ。彼から香っているのがわかった。服装を見るだけで、少年がどこか裕福な家庭の子どもであることは知れる。まっすぐで濃い眉。凛と整った白い横顔と、澄んだ水を見るような気品も希を圧倒した。

「坊ちゃん」

「さあ」

困った顔をした警官を少年は急かした。結んだ唇もいかにも頑固そうで、少年は簡単に警官の言うことを聞きそうにない。

警官は諦めた顔をして「お気をつけください」と言い、棒きれを瓦礫の間に差し込んだ。

「せえの！」というかけ声とともに、警官が隙間に挟んだ棒を捏ねつけるように下に押さえつける。みし、と音がして石が浮いた。

「よし！」と恒と少年が声を出して、希の両脇を抱えて波際に逃げた。

「くずれるぞ！」と大が言う。大は周りに気を配りながら、ぐらぐらと揺れる瓦礫の山を向こうに押して、誰もいない方向に崩れるよう誘導した。

瓦礫はごろごろと音を立て、砂浜に崩れた。

警官と大がこちらを見ている。着物の尻を潮に浸して波打ち際に座る希の両脇に、恒と少年が立っていた。

希はみんなの顔を順に見回してからまた、わあ、と声を上げて泣いた。

「おまえが言いつけを守らんきじゃ！」

恒はまた怒って希をこづき、大が向こうで「腕が潰れなくてよかった」とため息をつくのが見えた。

「本当にありがとうございました。警察の伊藤さんでしょうか」

大は警官に名を聞いた。大の歳になると、田舎では数少ない警官の名前と顔くらいは知っているようだ。彼は満足そうに頷いた。

「そうじゃ。成重の坊ちゃんの護衛を頼まれて浜辺を通りかかったら、子どもが泣きよる声が聞こえての。助けに降りたところやった」

「ありがとうございます。それならそちらは……」

まさか、と尋ねる大に、警官は自分のことのように尊大に胸を張った。

「成重の坊ちゃんじゃ。ようお礼を言わんと」

名前を聞いて、あっ、と兄たちが身を引くのがわかった。

『成重の坊ちゃん』のことは希も聞いたことがある。

こんな田舎にも、金持ちや旧家が固まって住む集落があって、その一角でもずば抜けて威厳のある家がある。それが成重で、少年はその家の子どもだった。村にある分校ではなく、隣の町にある金持ちが行く私塾に汽車で通っていると母たちがよく噂していた。

名を、資紀というらしい。

芳しい噂は、たびたび人の口にも上った。旧家で大地主の成重家の当主は、現在東京で海軍の要職に就いているという。長男は神童と評判で、希もおとぎ話と同じくらいに名前はよく聞いていた。

大は資紀に歩み寄り、深く頭を下げた。

「ありがとうございました。お陰で弟が助かりました」

大のほうが年上なのに、資紀への態度はひどくかしこまっている。

資紀は、先ほどの勇敢さをすっと収めて、静かに答えた。

「子どもを助けるのは当然だ」

今、町中の子どもたちが熱狂している鞍馬天狗（くらまてんぐ）のようなことを当たり前のように資紀は言う。

隣で警官は困り顔だ。

「あ、あの、坊ちゃん。旦那さんや奥さんには、くれぐれも黙っていてくださいよ？」

彼を軽く腕で退（の）けるようにして、資紀は希へ向き直る。

大は希の手を引き、波打ち際から立たせて砂浜に連れ戻した。水浸しの裾を大に絞られながら、涙と砂でぐしゃぐしゃの顔で資紀に向き合う。彼は希に静かに問いただした。

「何をしていたんだ。危ないじゃないか」

うっ、うっ、と、喉にこみ上げる泣き声に肩を震わせながら希は答えた。

「ヤッ、ヤドカリと、かいを、ならべて、あそんでたら、ジャノヒゲのみが。なかにはいって、とろうとしたら、てが……てが、ぬけなく……う」

「ジャノヒゲぇ⁉」

頓狂な声を上げて希の頭を激しくこづいたのは、またしても恒だ。

「おまえ、海でジャノヒゲなんか取りよったんか！」

泣き声を上げて希は頭を抱え、砂浜にしゃがみ込んだ。

「ちが……。いえのにわの、ふくろにいれて、ならべよったら……」

しゃくり上げながら希が答えるのに、「この馬鹿が！」とまた恒が拳を振り上げようとする。ひいと、身体を竦（すく）める希の頭上にそっと手を翳して、資紀は恒の鉄拳を止めた。

資紀が砂に片膝をつく。汚れてしまうと希は涙を零すのも忘れて資紀の膝と顔を見比べた。資紀はまったく気にしていない様子で少し首を傾（かし）げ、希を見つめた。

「ジャノヒゲか」

資紀は、ベルトに留めていた腰のポーチから短剣と巾着を取りだした。星のような銀色の剣先が、ぱつんと巾着の紐（ひも）を切る。留め具になっていた青いガラスの根付けを紐から抜き出して、希の目の前に摘まみだした。

釣られるように手のひらを差し出す。

ぽとんと落ちた重みのあるガラス玉が、泣いて火照った手のひらにひやりとして、希は、あ、と息をついた。四分（一・五センチ）くらいの瑠璃色（るりいろ）の玉で、まん中に紐を通すための穴が空いている。

「今日はこれで辛抱せよ。もう泣くな」

慰められ、呆（ほう）けたように彼を見つめていると、彼が希を労（いたわ）るように言った。

「擦り傷があるから帰って手当てをするがいい」

資紀は真四角に整えられた白いハンカチを取り出し、希の右手を握って甲を上に向けさせた。そしてハンカチを押し当てようとしてふと眉を顰める。

「灸の痕か」

希の右手の甲に点々と打つ黒点だ。

「……ううん。ホクロ」

顔にも身体にもホクロはないのに、なぜか右手の甲にだけ七つもホクロがある。手の甲の四隅に四つ、まん中に横に並んで三つ。

資紀は興味深そうな目で、希の手の甲を眺めた。

「オリオン座のようだな」

聞き覚えのある言葉を聞かされ、希はぱっと顔を上げて資紀を見た。

「うん。まんなかのみっつを、みぎにたどると、シリウスがある」

「『シリウス』？」

資紀が意外そうな顔で目をまたたかせる。

警官が口を添えた。

「その子らの父親は、天文学者です。東京大学の天文台で、海軍の航空機や艦の航路などの研究をしとります」

警官の説明を聞いた資紀は、ふわっと微笑を浮かべた。そして希に頷いてから、擦り傷のある希の手の甲のホクロを指で順に辿る。

「……本当だ。だが、シリウスは左側で、この三連星も傾きが逆だから、このホクロを辿ってもシリウスには行き着かないな」

「海に、うつしたらちゃんとなるって、父ちゃんが」

「海に？」

――反転、って言っても希にはわかんないだろうなあ。

お前の手にはオリオン座があるなと言ったあと、うーん、と父は夜空を仰いで腕組みをした。温厚で人がよくて、やたら気ままで、他人が何をしていようがあまりかまわない人だった。ひょろひょろと背が高くて、他の家の父親のような厳格さは少なく、二十も年の離れた長男の兄とよく間違われる気安い父だ。

そんな父は星を読む学者だということで滅多に自宅にいない。帰ってくると「先生、先生」と家に多くの人が寄りつき、家族と話す暇(いとま)もないほど学校へ役所へと呼ばれて出かけていたが、家にいる間は子どもの相手をよくしてくれる人だった。

――ちょうどなあ、この四角の星も、三連星も傾きが逆なんだよなあ。大きさは定規を当てたようにちゃんとしてるんだけど。

ほら、アレね。

父が指さす星空に、希の手の甲と同じ形の星が灯っていた。

——これがベテルギウス、これがベラトリクス、……違うな、反対だからこっちがベテルギウスだ。

右上のホクロを指さして父は言った。

——おまえの星は、裏返しに映っているというわけだが……、ああ、そうだ。

——あの星が、海に映ったらこうなるね。鏡のような夜の海に星が映れば、おまえの星と同じになる。

そう言いながら父は、急に宝物を発見したように希の手を撫で、嬉しそうに頷いた。

——となると、これがベテルギウス、隣がベラトリクス、下がリゲルとサイフだ。まん中が、こっちからミンタカ、アルニラム、アルニタク。

父が指さしながら教えてくれる星の名前は、異国の呪文のようで、聞かされるたび胸がわくわくした。それ以来、父につきまとい、何度も手の甲を差し出しては星の名を教えてくれと言った。

父は面倒くさがらず何度も呪文を唱えてくれ、いい加減覚えられないと嘘(うそ)をつくのも気まずい頃、まん中の三連星を斜めになぞりながら、新しい呪文を教えてくれた。

——ミンタカからアルニラム、アルニタクを繋(つな)いで、まっすぐ線を延ばすと、シリウスという星が見つかるよ。

シリウスとは何かと希が尋ねると、父は得意げな顔をした。

――夜空でいちばん明るい星だ。

そんなふうに言われて宝物をもらったような気がした。

シリウスを導き出すオリオン。

本物の星は空にある。自分の手の甲にあるのは、海に映った希だけのオリオンだ。

毎夜、星空と手の甲を見比べた。雨の日は自分の手を眺めて星を想った。

「おれのてはテンキュウギだって」

意味もわからず父から聞いた言葉をそのまま音にすると、ますます興味深げに資紀が頷く。

「星空を映す海の玉か。いいな」

それがものすごくお手柄なような気がして希は勢いづいた。

「だから、だからジャノヒゲにも、いつか星がうつるから、だから」

まくし立てようとする希の腕を、後ろに引っ張ったのは大だ。

「すみません、聞きっ囓りです。うちには今、天球儀はないんです。父が東京に持っていってしまっていて」

大の言い訳を、視線だけで穏やかに拒んで、夢のような海潮音の中、資紀は優しく希に語りかける。

「その玉にもいつか星が映ろうか」

「うん。おおきいから、ジャノヒゲよりももっときれいにうつるよ」

手のひらの中のガラス玉と資紀を見比べながら勢い込んで希が言うと、また恒が希の頭をごつんと殴った。

「いいかげんにせえ、希！」

それを見た、資紀が少し苦そうに笑った。喜劇を見るようにおかしいようすで、軽く握った手を口許に当て、微かな、でもこっちが嬉しくなるような笑いかたをした。

続けて殴ろうとする恒の手を大が軽く払う。そしてその手で希の頭を押さえ込んで、大は一緒に頭を下げた。

「本当にありがとうございました。成重さんが通りかからなかったら、俺たちだけでは弟を助けられなかったかもしれません。父はただいま不在ですから、明日、改めて母とお礼に上がります」

「礼には及ばない。用事も済んだあとだったから」

白いシャツ姿の美しい人は、浜辺に星がひとつ降りてきたような佇まいで静かに言った。

希はただ見とれるばかりだった。

音もなく、純白に炸裂する星。この人のような星がきっとシリウスというのだ。

そのときだった。

「希！　希！」

「母ちゃん、姉ちゃん！」

夜の中、道行灯を片手に手を取り合いながら、浜辺の坂を下ってくる三人は、母と二人の姉たちだ。

「母さん！　こっち！」

大が大きく手を振る。

「希は。希は怪我しとらんの？　希は」

息を切らせながら大声で母が問う。「無事だよ」と大が言う前に、先に駆け寄ってきた六つ年上の姉、素子が、わあん、と泣いて希に抱きついてきた。希の守りを任されていたのは素子だった。「希坊のばかあ」と言ってまた泣き声を上げる。

夜の浜辺で、家族総出で抱きあう光景を、少し離れた場所から資紀が見ていた。彼が「行こう」と言うのが希にも聞こえる。

「成重さんが助けてくれたんよ」

大が慌てて母に言ったときには、彼と警官は、すでに馬のほうへ戻っていくところだった。母が慌てて後ろを追いながら頭を下げていたが、彼らは立ち止まることなく、馬を引き、ランタンの柿色の残光を残して、堤防の上へと戻っていった。

家に帰ってからひとしきり恒に怒鳴られ、母に叱られ、大に諭された。素子はショックで泣きやまず、長女の晴子に連れられて、晴子の部屋に籠もってしまった。

風呂で頭から丸洗いされた希は、母親に右手の甲を差し出しながら畳に座っていた。

「一人で海に行ったらいけんって言ったでしょう、希」

母が、ほとんど希と恒専用になっている、ヨードチンキを吸わせた丸い綿花で擦り傷を消毒しながらため息をつく。傷は擦れて血が滲んでいるだけだ。挟まれた手首のところが青い内出血になっている。

「流されても誰もわからんところやったの。恒が見つけてくれたからよかったけど……」

傷の上を茶色い綿花ボールがなぞるたび、びくびく右手を引っ込めながら、希は反対の手の中の青い玉を見つめていた。青い、海の底から夜空を見上げるような美しい珠。希の小さな手にちょうど握りしめやすい大きさだ。

ジャノヒゲをどんなに磨いても、こんなには光らない。奥に行くほどどんどん色を深くする青を眺めていると、ため息が零れそうだ。

兄や母に見せたところ、もらったガラスの玉は――大学を目指している物知りの大が言うところでは、トンボ玉というガラス細工で、とても高価なものだという。

資紀ははっきり希にやると言ったが、あめ玉を貰うのとはわけが違った。やはり返したほうがいいのではないかと母と大が相談していると、恒が怒鳴った。

『成重なら、そんなガラス玉のひとつやふたつ、希にくれても痛くも痒くもないわ！』

不安がっていた母も大も、その一言でなんとか落ち着いたらしい。いつ取り上げられるかと怯えていた希は、砕けんばかりに握りしめていた玉をようやくゆっくり眺めたのだった。

深く透きとおる瑠璃色の玉。傾けると金粉が星のようにチカチカと光る。

「コンクリートが崩れとったら、あんた、今頃身体が潰れて死んどるし、もうちょっと波が近かったら溺れて死んどったかもしれんのよ?」

──『シリウス』？

──だが、シリウスは左側で──……。

シリウスという魔法の言葉を知っていたのも、兄弟以外資紀が初めてだ。近所の子や、少し年上の子どもに手の甲を見せて星の話をしても、無視されるか、変な顔をされるか、年長の子どもになると「学者ンちの子だと思って威張って！」と言って突き飛ばされることもあった。

──いいな。

目を細めた微かな表情が、希の目に焼きついていた。理解される嬉しさ。すうっと彼の胸の中に吸い込まれてしまうような気がして、思い出すとドキドキした。

「聞いとるの？　希」

「……あ、うん」

「今日は早よ寝なさい。明日素ちゃんにも謝るんよ？　かわいそうに、あんなに泣いて」

希が玉から顔を上げたときには、母親は使い終わった救急箱を片付けるところだった。希の目の前で立ち上がりながら「本当に大事にならんでよかった」とまたため息をついた。

希はトンボ玉を手に握ったまま布団に入った。希の体温が移って温かくなっていたが、トンボ玉はどこまでも青く深く、冷たそうに澄んだ色をしていた。

てっきり眠っているとばかり思っていた恒が、布団の中から「手の他は痛くねえんか」と訊いてくれた。希は、布団の中からうんと答えた。「馬鹿希」と返事が返ってきた。

希は、もそもそと布団の奥に引っ込んだ。手だけを出して、トンボ玉を窓から差す月明かりに翳す。

本当に星を映した海の玉に見えた。透明なガラス玉に海を閉じ込めたようだった。

希にくれると資紀は言い、母たちも貰っていいような口ぶりだったけれど、やはり返せと言われるのではないだろうか。希は怯えながら、その夜はヨードチンキを塗られた手に、トンボ玉をぎゅっと握りしめて眠った。

目覚めたら、枕元に畳んだ服のまん中に、トンボ玉は置かれていた。朝の光の中でも、いっそう瑠璃色の玉は透きとおって美しかった。

† † †

目が覚めた直後、希は見知らぬ部屋の景色に戸惑い、そして、急いで自分の右手の甲を見た。相変わらず鏡映しのオリオン座のホクロは右手にあるが、夢の中とは手の大きさが全然違う。大人の手だ。あのときの擦り傷もない。

そうか、ここは成重家だ。

片付いた部屋に、小ぶりな桐（きり）の箪笥と姿見がある。二間続きのすっきりとした部屋だ。

希は布団の上に起き上がって、自分の右手の甲を撫でた。

小さな頃の夢と今が混じって混乱する。これは現実なのだと思うと、どきどきと鼓動が打ち始めて、朝から胸の中が騒々しい。

たったそれだけ、と人は言うかもしれない。五歳の頃、一度きりの思い出が希の想いの根幹で、縁（よすが）のすべてだった。

海で初めて資紀と出会った日から、資紀に憧れて仕方がなかった。徳紀は仕事の合間に東京から帰ってくると、必ず学生奨励の訓示のために尋常（じんじょう）小学校へやってくる。徳紀の供として、学生服を着てやってくる資紀の姿をひと目垣間（かいま）見るのが、子どもの頃の希の何よりの励みだった。目が合った気がした日は、そのあと何日も、その一瞬を思い出してばかりいた。資紀が十五歳になり、海軍士官を養成する江田島（えたじま）の海軍兵学校にゆくときも、成重家の門前に見送りに集まった地域の人たちと一緒に、千切れんばかりに日の丸の旗を振って、詰め襟の凛々しい姿を見送った。

その後、海軍の有名艦隊で活躍する資紀の噂はたびたび耳に触れ、陰でこっそり泣いてしまうくらい希を興奮させた。先日故郷の基地に着任してきた資紀を、遠くから見たときは貧血を起こしそうなくらい嬉しかった。

希が家族の勧めに従わず、大学ではなく航空機の搭乗員を育成するための海軍飛行予科練習生となったのも、資紀と少しでも近しい場所にいたかったからだ。海軍士官になるだろう資紀の指揮下で働きたい、その一心だった。

あれから一言も言葉を交わしていない。それでもよかった。憧れるだけで十分だった。あの日から資紀は、いつだって夜空でいちばん光る希の星だ。

「……『成重希』、か」

部屋の障子を開け、ガラス越しに、見知らぬ朝の庭を眺めながら希は呟いた。自分で呟いておきながら肌の内側に汗をかいてしまいそうなくらい胸がいっぱいになった。

白々と朝日を浴びた庭の砂が光るように見えて、希は目を細める。

何のために生まれてきたのか。

人は、死ぬときにそれを知るのだと聞いたことがある。間違いなく、自分が生まれてきたのは資紀の身代わりになるためだ。昨日までおぼつかなく生きていた自分が、急にはっきりとした輪郭を持ったような気がする。

資紀の身代わりとなるだけでなく、資紀の盾となり、資紀に仇なす敵国を射る矢ともなれる。いつの間にか口で呼吸をしている自分に気づき、希は苦笑いをした。ほんとうに嬉しがりすぎだ。

少し気を引き締めなければ、ほんとうに恐怖で動転してしまった腰抜けだと思われてしまう。そう思ったら何だか急におかしくなって、希は一人で笑ったあと、ほんとうに駄目だと自分に呆れかえった。

† † †

「じゃあ、お言葉に甘えていいでしょうか、希さん」

希の目の前に紺色のズボンで正座し、希が食べ終わった膳を下げようとしていた短い髪の女性が言った。

成重家に来た翌日、いちばん先に挨拶に来てくれたのが彼女だ。屋敷で手伝いをしている女性で、名を辛島光子といった。歳は自分と変わらないくらいで、化粧っ気はないが、糊の利いた白シャツを着ている姿がしゃんとして清潔そうだ。

　初めは士官にするような言葉遣いと態度で接してくれたが、どうにも落ち着かないから普通にしてくれと希は言った。軍人だということを差し引いても、あまりかしこまられると息が詰まる。

　光子は明るい人で、何かを尋ねると必ずにこっと笑って答える愛想のいい女性だった。分厚い布団やお膳の食事など、慣れない成重の日常に圧倒されそうな自分を安心させてくれたのも彼女だ。いろんなことを気軽に質問した。光子は知っていることをぱっと喋る、物怖じしない賢い人だった。

「はい。膳は俺が下げます。いただくときも頃合いを見計らって、俺が受け取りにいきます」

　成重に来てから三日、言いつけられた通り、離れに引きこもって上げ膳据え膳で過ごしてみたけれど、ほんの数日前まで航空隊員として、基地で訓練漬けの日々を過ごしていた身だ。何もせずに飯だけ貰うのは落ち着かない。特攻に行く日取りでも決まっていればありがたくのんびりさせてもらうところだが、特攻の命令はまだいつ下るのかわからない。

　部屋から一歩も出ずに暮らすのは、特攻以上に、残り少ない命を無駄にしているようで辛くなる。気休めにもならないが、食事の膳を台所まで受け取りにゆくと光子に申し出てみた。

「わかりました。そうしてもらえると助かります。それから、昨日言い忘れたけど、家の中じゃ方言は禁止ね。兵隊さんの言葉か、上方の言葉で喋ってください。希さんは標準語だし、あんまり人に会わないから大丈夫そうだけど、母屋で大分弁を喋ったらすごく怒られます」

「そうなんですか？　昔から？」

「どうなのかなあ、私が来た頃はもうそうだったよ。奥さんがね、京都のかたで大分の言葉が嫌いなんですって。それで林さんたちが気をつけはじめて、それからだって聞いてる。こっちの離れはわりと自由だけどね」

「わかりました」

「希さんが方言じゃないのはお父さんのせい？　東京の学者さんなんでしょう？　軍人さんの言葉とも違うようだけど」

「どうかな。父が標準語だから家ではあまり方言ではなかったかもしれません。でも小さい頃は普通に大分の言葉でした」

大は家でもほとんど標準語、姉たちは家の内と外で使い分けているようで、恒は意地でも方言しか喋らなかった。希は姉たちに倣った。

「それで、自分は本当に、奥さんにご挨拶に上がらなくていいんでしょうか？」

林に、資紀の母には挨拶する必要はないと言われたが、それを本当に信じていいのだろうか。形式上の遠慮で、許しが出るまで、挨拶をしたいと何度も願い上げるのが礼儀だろうか。

光子は、さっぱりとした声で答えた。

「旦那さんに何も言われてないなら、いいと思う。奥さんは普段から誰にもお会いにならないから」

「そうですか。わかりました」

林には一応話は聞いていた。京都から来た資紀の母は成重に——九州の田舎に嫁いだことを不服としていて、実家から連れてきた侍女二人と母屋の南の一角に厳格に引きこもっている。ほとんど誰とも会わないし、直接口も利かないという。

二人の子どもを儲けたあとも、侍女たちから『姫さん』と呼ばれ、自分たちだけ京都の様式で過ごしているとぼやいていた。徳紀はほとんど東京だし、資紀とさえ滅多に面会しないらしい。

「何かあったら私に言ってね。屋敷を賄ってるのは井本大佐だけど、実際あれこれするのは私、辛島一等兵でありますから」

屋敷の奥を取り仕切る老齢のお局を大佐に見立て、自分のことをそう言って光子は敬礼をして見せた。希も楽しくなって、「よろしくお願いします、辛島一等兵殿」と敬礼を返した。

てっきりまた笑ってくれるのだと思っていた光子が希をしみじみと眺めた。

「うちの弟、希さんと同い年なの。出征してて、元気かなって思っちゃった」

「そう。どちらへ?」

「サイパンかな、……フィリッピンかな? 南のほうよ。陸軍にいるの」

「そうですか。うちは兄がラバウルにおります。最後の手紙では、フィリッピンもついでに守ると書いてありましたから、きっと大丈夫です」

「そう。それは頼もしいことね」

励ましたくて希が言うと、光子はぱっと笑顔を輝かせて肩を乗り出した。誰もが同じ、心細いのだ。強がらずにいられないくらい、前線にいる家族の無事を祈っている。

「今日はせっかく取りに来たから、私がお膳を持っていきます。夕飯からよろしくね、希さん」

「はい」

「薪もありがとう。母屋に海軍さんが増えちゃって、間に合わなくなりそうだったから助かります」

「身体がなまるので。俺もいい運動になります」

「じゃあ、私は片付けが済んだら、整備所へ出かけますね。急な用事は井本大佐に訊いてください。井本大佐に訊くより、私が帰るのを待ったほうが早いと思うけど」

いたずらっぽく目くばせをしながら敬礼をして、光子は膳を持ってさっさと部屋を出ていった。この屋敷に勤める若い女性は、朝の仕事が済むと、連れだって航空隊基地の中にある落下傘整備所に奉公に行くということだ。

しばらく経ってから、楽しげな声を響かせて、門前に女性の声が集まるのがわかった。「行ってまいります！」と明るい挨拶のあと、一行の気配は遠ざかる。

希は屋敷が静かになるのを待ってから卓袱台の上に、父にもらった航空航法の本を広げた。

航空航法とは、星座の位置と時間で自分の居場所を知る学問だ。艦船の航路を読んだり、目標物が見えない洋上の夜間飛行には欠かせない技術だった。特攻場所が遠方であれば絶対に必要になる知識だろう。

希が持ってきた本の中には、普通の航空隊員が読むには高難度すぎる星の本と、父が書いた論文が含まれている。

この論文を受け取るとき、父が泣いたことを希は思い出した。理由は話してくれなかったが、父が纏めた学術に導かれ、自分や恒が航空機で戦闘にゆくのが耐えられなかったのかもしれないと希は思っている。

希が最後に父へ宛てた手紙に、父の研究を誇りに思っていると書いた。地上で何が起こっても星の輝きが曇らないことを知っていると書いて、希はそれを遺言にすることにした。

冬は夜がくるのが早い。

外が薄暗くなったのに気づいて、長い一日がやっと終わるのかと時計を見たが、まだ夕方五時前だ。

もうじき夕飯の時刻だが、大した仕事もしないから腹も減らない。贅沢な悩みだ。特攻のための待機とはいえ、国の有事にこんな生活をしていていいのだろうか。後ろめたさを感じながら、卓の隅に本とペンを揃(そろ)えて希は立ち上がった。

障子を開けると、米の字にセロファンが貼られたガラス戸がある。空襲で爆風を受けたとき、ガラスが飛び散らないようにするためだ。今はどこの家のガラス戸もこんなふうになっている。ガラス戸を開けると冷たい空気が流れ込んできた。朝掃き清めたはずの庭に枯れ葉が落ちている。これからあっという間に冬になる。

部屋の前にある庭に降りることは許されていた。離れの奥には家もなく、敷地を囲む垣根も高い。姿を見られる心配はない。

希は下駄を履き、庭石を辿って庭のまん中に出た。

庭の右側、腰の高さの生け垣越しに、裏屋敷の立派な建物が見える。

希が生活しているのは母屋の奥にある裏屋敷の、さらに奥にある離れだった。裏屋敷は数年前に亡くなった先代の住居で、希にあてがわれた離れは、裏屋敷から渡り廊下で繋がる小さな建物だ。離れと呼ぶのが気が引けるくらい立派な建物で、奥まったぶん人の往来も少なく静かだ。来客用の庵(いおり)として建てられたらしく、希の部屋と、もう一室、今は納戸になっている部屋しかない。

希の部屋の前の庭は凡庸で、紫陽花(あじさい)や躑躅(つつじ)、金糸梅(きんしばい)などの庶民的な夏花が植わっている。それらも時季外れで、常緑の生け垣以外はどれも刈り込まれて、剝(む)き出しになった枝と葉のみが整然と広がるばかりだ。

今年の花を見ることはないだろうと、希は碧（あお）く光る柊（ひいらぎ）の葉を眺め下ろした。

徳紀の言うとおり、希が成重家に来る数日前、レイテ沖で敷島（しきしま）隊という部隊が、神風特別攻撃隊として敵艦隊に突入したという情報が入ってきた。

アメリカの護衛空母セント・ローを撃沈、護衛空母を含む五隻を大破という成果を上げた。新聞の号外に彼らを褒め称（たた）える言葉が華々しく躍り、軍艦マーチつきのラジオ放送が流れたのを、希は実家で聞いた。

『特攻は必要である』とラジオは叫んでいた。一騎当千——零戦一機で、空母を沈めれば三千人の敵兵が死ぬ。百機の戦闘機を沈められる。一生戦闘機で飛び回ったって、そんな成果は上げられない。

希は空を仰いだ。ぼんやりした水色の空には和紙の繊維のような薄雲がかかっていた。小鳥の黒い影が連れ立って空をよぎってゆくのに目を細める。

この空に、今も特攻の戦闘機が飛び、海で陸で、何千人もの将兵が死んでいるのだろうか。

南方では空が黒くなるほど敵機が飛んでいると、恒の手紙には書いてあった。それに比べれば戦争が五年遅れて届くような九州の空だ。

希は先週ここに来て以来、成重の塀の中から一歩も外に出ていない。当然基地にも実家にも行っていない。はじめの数日は心配で落ち着かなかったが、憲兵が来ることも、隊の誰かが捜しに来ることもなかった。

希の怪しい隠遁生活が許されたのは、徳紀の権力にもよるが、基地に通っても大した仕事がないというのも大きな理由だと思う。

燃料が乏しくて飛行訓練ができない。着任したときから、希のようにすでに中練を終了したものは、ほとんど航空機に乗せてもらえないほど燃料不足は深刻だった。

南方の戦線は厳しく、輸送船がことごとく撃沈されているという噂がある。南方で大敗を喫したのちは、海軍航空隊隊員である希たちですら、海に何隻の空母と戦艦が残っているかわからなかった。

兵舎の中で海図を広げ、よたよたと飛んでゆく初練の練習機を眺めながら本を読んでいるだけなら、ここにいても基地にいても同じだ。そう自分を慰めながら、希は庭の植え込みの中でふと目についたものに近寄った。

地面から細い葉がしゅっしゅっとたくさん生えている。三十センチほどの草丈で、葉の間に小指の先ほどの青い実が覗いている。ジャノヒゲだ。

懐かしいなと思いながら、希は植え込みの前にしゃがんだ。茂った葉を指で掻き分け、青くてまん丸な実を四つほど摘んでみた。実家のジャノヒゲは、庭を畑にしたときに掘り起こしてなくなってしまった。

昔はこうして摘んで、大切に磨いてみたり、庭に撒いて鳥が来るのを待ったり、石で磨り潰したりして遊んだものだ。恒はもっぱら竹鉄砲の弾にしていて、服に青い汁がつくと母に叱られていた。

ジャノヒゲを握った右手を、希はそっと自分で撫でてみた。

あのときは何でこんなものを必死で拾おうとしたのだろう。コンクリートの暗い隙間に、青い実が転がる一瞬を、なぜか今でもはっきりと覚えている。

ふと、背後に人の気配を感じて、希は振り返った。

裏屋敷と離れを仕切る低い生け垣の向こうに人が立っている。軍人だ。

「あ……」

希は息を呑んで、ぱっと立ち上がった。

とっさに言葉が出せなかった。

最後に見たときと顔が変わっていない。だが驚くほど落ち着いて、あの浜辺で見たときと同じように彼自身が光って見えた。

帽子を脱いだ軍服姿の資紀だ。

資紀は、怪訝そうに希を見ている。

「……っ……」

名乗っていいものかどうかわからず、希は背筋を伸ばし、素早く頭を下げた。資紀は希がこの家に来たことを知っているはずだ。こうして面と向かい合うのは十三年前、浜辺で助けられ

たあのとき以来だった。

「琴平か」

憮然とした声で資紀は訊いた。希は「はい」と答えてまた頭を下げた。

「……こんなところにいたのか」

資紀の独り言がどういう意味かわからずに、緊張でばくばくと胸を打つ苦しさに堪えながら、出すべき言葉を希は探す。『お世話になります』とも違う、『初めまして』と今さら名乗るのもおかしい気がした。彼の不機嫌に対して、すみませんと言うのも多分違う。ごめんなさいと謝って逃げ出すのはなお失礼だ。

「……っ……」

息を止めすぎて、こめかみが痛みはじめた頃、垣根の向こうから「坊ちゃん」と声がした。林の声だ。

資紀が振り返る。希もそっちを見た。

「お探しの本、見つかりましたよ。どうしましょうか」

少し開いたガラス戸の奥から声がする。

「今行く」

資紀は答え、冷たいままの視線を希から逸らして背を向けた。そのうしろ姿を見て、希ははっと我に返る。

「あの」

せめて何か一言でも挨拶をと、口を開くが、脳髄が白く痺れて言葉が出ない。ジャノヒゲを握りしめる。初対面ではない。言わなければならないことがあるのだ。自分は十三年前、浜辺で資紀に助けてもらった子どもだと言おうとしたときだ。

「——今度は手を挟むな」

低い声が聞こえた。資紀はもう庭を横切り、離れの縁側に届くところだった。

「——っ……」

覚えていてくれた。

胸の奥が痛かった。目許が急に湯を注がれたように熱くなり、視界が歪んだ。

開け放たれた裏屋敷の一室から、資紀の声が聞こえる。まだ林と何かを探しているようだった。

希は口許に、ホクロのある右手の甲を押し当てながら逡巡した。あそこに行っていいものだろうか。用事が終わるのを待って、改めて挨拶をしたい。だが何と声をかければいいのだろう。それに、資紀は希があのときの子どもだということを覚えてくれていたようだが、先ほどの視線はあまり好意的には見えなかった。

そうか、と、希は手を下ろす。

資紀が身代わりを不本意に思っているというのは本当らしい。だがあの態度では自分がこの役目を引き受けなければ、ほんとうに自分で特攻に行くつもりだったのだろう。改めて引き受けてよかったと思った。

垣根の前で俯いたまましばらく考えたが、やっぱり部屋に戻ることにした。徳紀に、資紀には姿を見せないようにと言われている。よく考えるまでもなく挨拶など不可だ。不意のこととはいえ、大失敗だ。

ふう、と息をついて、すっかり藍色の気配で満たされた庭を見渡した。

裏屋敷と反対側の垣根の向こうは遮るもののない空で、星が浮かびはじめている。

資紀がまた出てこないだろうか。未練たらしくゆっくり歩いて自分の部屋の縁側に戻ったが、縁に上がってガラス戸を閉めても、資紀の声が再び自分にかけられることはなかった。

畳に膝をつき、希はただただ熱いばかりの息をつく。自分でも困っているのか嬉しいのかわからない。

まだ目の前に資紀の姿がありありと見えるようだ。涼しい目鼻立ち、夜の闇を注いだような黒く透きとおった瞳。低く艶のある声。資紀は、出会った日の彼がそのまま大きくなったようだった。面差しは変わらず、そのうえ、兵学校の見送りに行ったときよりずっと精悍（せいかん）な男になっていた。

想像以上だった。当惑するくらいの凜々しさに手が震えた。

希は手のひらに何かを握ったままなのに気づいた。手を開くと、すっかり温かくなってしまったジャノヒゲの実が四個現れた。

自分は相変わらず進歩がないな、と急におかしくなった。五つの頃のままだとジャノヒゲを眺めながら、弱々しく、だが熱っぽい懐かしさを胸に抱えながら希は笑った。


林は、希には途方もない恩を着るからと、食事は希が望むものを何でも出すと言ってくれたが希は普通でいいと断った。それでも夕飯の膳は驚くようなご馳走が出た。光子に尋ねると、下宿の人たちと同じ献立だというが、下宿は将官が多いようだ。階級なりにしてくれと言うと、いくらか落ち着いた膳が出た。それでも使用人たちとは別の料理のようだ。酒も出してくれると言うが、希は我慢をして飲める程度であまり好きではなかったから断った。

夕餉の膳を下げるとき、希は光子に、隣に見える裏屋敷はどんなふうになっているのかと訊いてみた。

「ああ、離れの庭に面したところはね、大旦那さんが遺した書庫があるのよ。それがどうかした？」

「あ。いえ、なんでもありません。誰もいないようだから、空き部屋かなと気になって」

「本を置いてあるだけだから、空き部屋と言えば空き部屋ね。本を読みたいの？　でもあそこは無理だと思う。許可がないとお掃除にも入れない部屋なの。旦那さんか坊ちゃんに訊いてみれば、希さんならもしかしてお許しが出るかもしれないけど」

「いいえ、いいんです。ただ、建物が見えただけなので」

資紀と会ったことは話さないほうがいいだろう。曖昧な笑顔で希は光子に空の膳を渡した。

そういえば、あのとき漏れ聞こえた林との会話では、本を探していたようだった。あの一部屋と、雨戸が立てられたままの隣の部屋まで書庫だとするとかなりなものだが、成重家の書庫ならそのくらいあっても不思議ではない。

「あら。ジャノヒゲ？」

茶碗（ちゃわん）の隙間でころころと音を立てたものを覗いて光子が目を丸くする。

「すみません。庭で摘んだのを置いていました」

子どもの頃を思い出しながら、摘んだものの中から一番きれいなものを布で磨いてみた。資紀がくれたトンボ玉のように、瑠璃色にぴかぴかと光るジャノヒゲを眺めながら食事をしているうちに茶碗の陰になって忘れていた。

希が膳の上から青い実を拾い上げると、光子が言った。

「ジャノヒゲの花言葉は『変わらぬ想い』というそうよ」

「そうなんですか？」

まるで気持ちを見透かすような言葉にどきりとしながら希が答えると、光子は無邪気に希に言った。

「ええ。『花言葉』が整備所で流行っているの。希さんも何か知っていたら教えてね？」

「すみません、自分は何も」

「男の人はそうだよね」

優しい笑みを浮かべて光子は言う。おしゃれも女性らしい楽しみもない世の中だ。せめて野に咲く花を楽しもうとする彼女たちがいたわしかった。

「ごちそうさまでした」

「お粗末様でした」

光子は本当に名前の通り、ぴかっと光る笑いかたをする。

希が部屋に戻ると、手ぬぐいの上に置かれた残りのジャノヒゲの実が待っていた。手に握り、慎重に外の気配を窺いながら、もう一度庭に降りてみる。

低い垣根で仕切られた向こうに、裏屋敷の影が見える。

書庫だという部屋に灯りは灯っておらず、庭側の並びのどこにも光はない。

希は手のひらにあるジャノヒゲを眺めた。

『変わらぬ想い』か。

さっき教えてもらったばかりの花言葉を思い返して、もう一度握った。

——今度は手を挟むな。

不機嫌そうな声を思い出すだけで、胸がいっぱいになる。

息苦しくて空を仰ぐと、高い場所にオリオン座が見えた。上に向かって口を開き、はー……、と音にして息を漏らすと、真綿のように十一月の夜空に白くほどけてゆく。

馬鹿だなあ、と希は星空に苦笑いした。

あんな些細な一言で、命を投げ出して十分だと思う自分に困りながら、星空の下、希はいつまでも動けずにいた。

庭から見える離れの部屋が書庫だとわかると、気づくことがあった。

ときどき誰かが戸を開け閉てしている。使用人か、そうでなければ資紀だ。よくよく気配を窺うと、だいたい毎日朝夕やってきて、入ってすぐに出ていくのは家人のようだ。資紀に頼まれて本を探しにきているのだろう。午後からやって来て、しばらく出てこないのは資紀本人のようだった。

希は、夕方、こちらから書庫を眺めるのを日課にするようになった。

直接姿を見ることすら叶わないのにこんなことをして何になるのかと思うが、長い間、想像して焦がれるだけで過ごしてきた希だ。他愛ないなりに、まあまあな娯楽になった。

――坊ちゃんは、どんな本を読まれるのだろう。

そればかりは少し知りたいと、希は思う。

歴史書だろうか、戦記だろうか、それとも化学や文学、星の本は読むだろうか？

資紀の好きな本を知りたい気持ちも大きかったが、希自身の本に対する純粋な興味もあった。実家には父が抱えた何本もの書棚があった。そこは天文や科学の本ばかりだったが、大の部屋の書棚には文学も多かった。晴子は植物の図鑑をたくさん持っていて、素子は東京土産の少女文学を風呂敷に包んで大切にしていた。

成重のあの大きな書庫には、いったいどんな本があるのだろう。

——希は、飛行機より、学者に向いてると思うんだけど。

予科練を志望したとき、一番残念がったのは次男の大だ。

希の気持ちを大事にしてくれる大が、希の生き方に口を出したのは、あとにも先にもそれ一度きりだった。

希は本が好きで、勉強も粘り強いとよく言われた。解けない数学を一人で四日も頑張っていたら、大がそっと数式をラクガキしていってくれたこともある。

大の言うとおり、星の勉強を続けたいと思ったし勉学そのものへの未練はあったけれど、希は予科練を選んだことを後悔していない。

書庫を眺めて、本を読んでいる資紀を想像するのは楽しかった。だが見つかったら大事(おおごと)だ。くれぐれも慎重にしなければならない。

あの日、資紀が隣の庭に出ていたのは、たまたま星を見に庭に降りたのだろう。書庫の灯りも全部消していた。

希がここにいると知ったからにはもう姿を見せてくれないだろうと、何となくわかっている。書庫の灯りが消えているときも油断がならないと思って、希は庭に出るときは注意深く気配を窺った。見回して、音を探って、それからようやく草履に足を入れる。微かにでも足音や、戸がガタつく音が聞こえたら慌てて部屋に逃げ帰る。

斥候のような気分転換だと思いながら、希は昼下がりの縁側に座っていた。ここは書庫からも見えないし、覗き込まない限り、隣の庭からもこちらは見えない。昼間だから資紀はいないはずだが、あれから庭に出るのに用心深くなっていた。

空の高いところで風が鳴っている。

黄味を帯びてくる冬の陽光に、足先を伸ばす自分に気づいて、未練がましいなと希は思った。室内からでも星を見上げることはできるのだが、おかしなもので、足の裏が土を恋しがるのだ。

冬生まれなせいか、縁側の戸を開け放ち、身体を冷やしても苦痛ではなかった。冷たさでつま先がじわじわとかじかむのも嫌いではない。

ざあっと、風が垣根を揺すって、枯葉がバラバラと庭に零れる。

もうすぐ正月が来る。希は十九歳になり、資紀は二十三になる。

十月の敷島隊の航空機特攻に続き、十一月には陸軍の富嶽(ふがく)隊、さらに魚雷型特攻機・回天(かいてん)で菊水(きくすい)隊が出撃したと新聞で読んだ。いつ九州の航空隊に特攻の命令が下っても不思議ではない。

希は頰を撫でる冷たい風に目を伏せる。

早く命令が下りないだろうかと願っているのに、何だかひとつ、名残ができてしまった。できれば出撃する前に、一言、資紀に五歳のときの礼を言いたい。

資紀と再会した衝撃と興奮ですっかり我を喪っていたが、よく考えてみれば、希はせっかく十三年ぶりに巡ってきたその機会を逸したことになる。自分の不覚を悔やんでもあとの祭りだ。

浜辺で助けられた翌日、母親と大が菓子折を持って成重家を訪ねたが、使用人に応対されて帰ってきたと聞いていた。のしに名前を書いてあるからきっと伝わっただろうと母たちは言っていたが、ほんとうに資紀に伝わっているかは今も不明だ。

今のうちに手紙を書いておこうか、迷惑だろうか。そうしておけば、ほとぼりが冷めた頃、資紀に渡してはもらえないだろうか。縁側から垂らした足を、地面から十センチほど上で振りながら考えていると、どこかから小さな声が聞こえてきた。

「ちー、ちー、ちー」

なんだろうと希は顔を上げる。男の声だ。

「ほら。ちー、ちー」

困ったような声音で、鳥の鳴き真似をしている。全然似ていないと笑いそうになったが、それが資紀の声だと気づいて希は息を止めて声の方向を見た。

「口を開けろ。ほら。ちー、ちー」

不機嫌そうなうなり声がする。

何をしているのだろう。

覗きに行きたかったが資紀に姿を見せられない。希はしばらく聞き耳を立てていたが、困ったような資紀の声を聞いているのが辛くなってきた。鳴き真似からして成果が上がらないのは明らかだ。誰か助けを、と思うものの自分は庭には降りられない。

いつもお膳を受け取る裏屋敷の台所のほうに行ってみた。「坊ちゃんが何かお困りのようだ」と家人に伝えたかったのだが、こんなときにかぎって誰もいない。夕飯の下ごしらえで忙しい時間だ。みんな母屋に出払っているのだろう。

希が部屋に戻っても、資紀はまだ困った様子で「ちー、ちー」と鳴いていた。

動物か何かをあやしている様子だが、あれでは資紀が困っているようだ。

様子を見るだけ、と、希はこっそり庭に降り、見えない角度を選んで向こうの縁側が見える場所まで近づいた。

今日は休みだったのだろうか、軍服姿ではない資紀が縁側に座っていた。糊の利いた開襟シャツ。丸く窪(くぼ)ませた手のひらに何かを掬(すく)っているようだ。あの大きさなら鳥か鼠(ねずみ)か。それを覗き込み、眉間に皺を寄せながら、何やら細い棒でつついている。そして言うのだ。

「ちー。ちー」

その一生懸命な様子が改めておかしいやら、かわいらしいやら、希は思わずくすりと笑いを漏らしてしまった。犬の耳にも聞こえないくらいの小さな音だったのに、資紀が顔を上げてこちらを見た。

希は凍りついた。とっさに息を止めながら後ずさる。胃の腑が凍りつく。怒りを買うのは間違いない。

資紀は目を瞠って希を見ていた。

罵倒が飛んでくるかと身構えたが、彼はじりじりと希から視線を逸らし、世界で最悪のことが起こりでもしたように不機嫌そうに顔を歪めた。そのまま顔を赤くするのが見える。

「あ、あの」

希はうろたえつつも、悲鳴の代わりに必死の声を絞り出した。

侮辱したわけではない。ここで逃げたら鬼の所行だ。あるいは軍刀で斬り殺されてしまうくらいの無礼かもしれない。希は崖から飛び降りるような気持ちで声をかけた。

「なにか、お困りでしょうか」

遠くから言うと、資紀は眉間に深く皺を寄せて希を睨みつけた。向こうへゆけと怒鳴られるかと思ったが、希が見たのは諦めたようにため息をつく資紀の姿だった。

彼は手にしていた棒を、膝の隣にある白い皿の上にかたんと置いた。

「これに水を与えたいんだ」

資紀が、やわらかく丸めた手を差し出す。

「お邪魔してもよろしいでしょうか」

「ああ」

希は急いで垣根を回り込み、裏屋敷の庭へ入った。離れた場所から礼を取って、おそるおそる資紀に近づくと、彼は困った表情で手に掬ったものを再び希の前に差し出した。

空のような青が、窪んだ手のひらを満たしている。

「ルリビタキですか」

「さあ。玄関に落ちていたんだ。まだ生きている」

相変わらず優しいことをする。希は資紀の手の中を覗き込んだ。

瑠璃色の背。尖った黒い嘴と、埋もれた胸元にはみかん色の羽がかすかに見える。

雑木林にいるルリビタキという野鳥のオスだった。冬に九州にやってきて、美しい歌声を聞かせ、春とともにいなくなる漂鳥だ。希は軽く空を見回した。

「屋根か、松に当たったのかもしれませんね」

嘴のつけ根に少し血が見える。小さな青い背中はぐったりとしていて、ものすごい速さで浅い息をしている。

希は資紀の手に載せたまま、ルリビタキの羽を摘まんでそっと広げたり、足を覗いてみたりしたが、他に出血は見当たらない。頭を強く打ったのだろうか、ルリビタキは飛べないようで、資紀の手のひらにうずくまっていた。

資紀の隣には水の入った小皿があり、綿花を巻きつけた竹串がその中に浸されている。

「それは、何をなさるおつもりなんでしょうか？」

「水を飲ませようと思ったんだ」

小皿の隣には、箸と生麦。……食べさせようとしたのだろうか。

「ちょっと待っていてください」

そう言い残して、希は部屋に戻った。

掃除に使おうと思っていた布きれと、割れ物を入れてきた紙箱を押し入れから取り出した。火箸で突いて箱の蓋に五ヶ所ほど穴を開け、急いで資紀の側に戻る。

「自分で水を飲もうとしないなら、今すぐ飲まなくても大丈夫です。あとで自分が練り餌を作りますから、そっちを緩めに水で溶いたほうがいいと思います」

ルリビタキを資紀に持たせたまま説明をして、希は小さな箱の中に、巣のように窪ませた布きれを入れた。そこに資紀がルリビタキを、壊れものを扱う手つきでそろそろとおろす。

「怖がって急に飛ぶとまた怪我をしますから、一度暗くして落ち着かせたほうがいいです」

希は紙箱の蓋を静かに閉じてやった。ルリビタキの口のまわりや胸元は、かわいそうなくらいびしょ濡れになっていた。

助けた者と助けられた者、二人して困っていたのだろうと思うと、ひどく哀れだ。

あのくらい嘴を濡らされたのだから、少しは水を飲んでいるだろう。見たところ病ではなく激突事故のようだ。元々健康だったのなら、練り餌は明日の朝一番でいいはずだ。

「小鳥に詳しいのか」

「兄がよく拾ってきていました」

恒が、焼いて食うと言いながら小鳥を捕ってきては、結局情が移って放すの繰り返しだった。自分で世話を焼くのはバツが悪いのか、世話は全部素子と希に押しつけられたから、鳥を介抱した経験だけはやたらとある。

ルリビタキは珍しいが、いわゆる野鳥だ。希には資紀の不慣れ具合が逆に珍しかった。もしかしたら御世話係が宝物のように育てた、金糸雀（カナリア）や尾長鶏（おながどり）しか見たことがないのかもしれないが、それでも鉛筆芯くらいしかない小さな嘴に箸で生麦を突っ込むのは、いくら何でもルリビタキが気の毒だ。

「猫に取られないように、部屋の中に入れてください。自分が預かってもいいです」

見張っておけと言われれば一日中でも眺めていられる身の上だ。箱の中がこそっと音を立てるのに微笑（ほほえ）みながら、希は資紀を見た。

「元気になればきれいな唄声（うたごえ）を聴かせてくれます。数日だけでも籠の中にいて、坊ちゃんに恩返しをしてくれればいいですね」

美しい声で鳴く鳥だ。きっと資紀も気に入るだろう。

資紀の返事を待って資紀を見つめると、間にふと、沈黙が生まれた。戸惑って見つめた資紀の瞳が、浜辺で助けられた日とまったく変わりないのに、希は今が礼を言う機会だと気がついた。

希は胸から込みあげる想いを、唇から絞り出す。

「あの……、先日は、ちゃんとご挨拶もできず、申し訳ありませんでした。以前、助けていただいたときは、ほんとうにありがとうございました」

希はできるだけ声が途切れないよう、ひと息に言ったが、資紀は静かに希を眺めているだけだ。

伝わったのだろうかと心配になって資紀を見る。「手を挟むな」と言ったからには自分のことを覚えていてくれたのだと思ったのだが、違うのだろうか。五歳のときに受けた恩を一から説明しなければならないのか。希はためらいながら続けた。

「坊ちゃんは覚えてらっしゃらないかもしれませんが、自分は、五歳のとき、浜辺で坊ちゃんに助けていただいたことがあります。まだあのときいただいたトンボ玉は大切にしています。ずっとお礼を言いたくて」

もしかして覚えていないのか。不安になる希の右手を資紀はそっと拾い上げた。資紀は伏せた目で希の手の甲を眺めている。

「――天球儀のオリオン。まだあったのか」

ぶっきらぼうな声の資紀の呟きに、希はおずおずと答えた。

「ホクロですから、消えません」

資紀は希の手の甲にあるホクロを眺め下ろし、すぐに手を離した。資紀が立ち上がる。希は慌てて見上げた。

「あの」

何か悪いことを言っただろうかと思うが、何が悪いかはわからなかった。だがこれだけは聞いてくれなくても伝えたいと希は思った。

「俺、嬉しいんです。本当に。自分は、坊ちゃんに憧れて、坊ちゃんのためなら喜んで、俺は――……！」

身代わりの自分に、資紀が少しでも後ろめたい気持ちを抱いているなら拭ってやりたかった。彼の代わりに死ぬと言われるけれど、本当はそうではないと、あのとき資紀に助けられたことが嬉しかったから、自分が資紀の役に立ちたいと一生をかけて願ったから、自分が望んで逝くのだと伝えたかった。

「特攻に行きます」

瞬間、資紀がひどく顔をしかめるのが見えた。何も言わずに希に背を向け、書庫の障子を開ける。

「坊ちゃん！」

理由はすぐに思いついて、希は自分を恥じた。

資紀は特攻に行けない自分の身を悔しがっていると聞いていた。資紀の気持ちは十分わかっていて、少しでも和らげようと自分の気持ちを伝えたが、こんなことを言ったって資紀の心を逆撫でするだけだ。

希は廊下に手をつき、身を乗り出しながら資紀に呼びかけた。

「申し訳ありません、坊ちゃん。でも、俺は本当に」

言葉の途中で障子は閉ざされた。

「……嬉しかったんです」

伝えたかった言葉は、昼日中の庭に溶けて独り言のようになった。

冬らしい曇り空だったが、ガラス戸を閉めれば部屋は暖かい。

希は卓袱台に置いたルリビタキの紙箱の前で、ため息をついた。

ただ、十三年前の礼を伝えたかっただけなのに、余計なことを言って台なしにしてしまった。思いきったつもりがただの無礼だった。

希は、箱を部屋に持って帰ったあと、灯りの下でルリビタキの様子をもう一度観察した。よく見ると、嘴の他に足も痛めているようだ。羽を広げようとしては、びくびくと畳んでしまう。翼も痛めているらしい。

「どんなぶつかりかたをしたんだ、おまえ」

呆れた独り言が漏れた。大きな鳥にでも襲われて、無我夢中で逃げたのかもしれないが、激突して死んでは元も子もない。

おっちょこちょいなルリビタキだ。そしてルリビタキに箸で生麦なんかを与えようと困っていた人のことを思うと、両方気の毒すぎてため息が漏れた。そしてそれ以上の愚かな失敗をした自分を思い出して、また激しく後悔した。

夜、台所に残って片付けをしていた家人に、糠と、大豆か麦の粉がないかと訊いてみた。糠は新しいのがあった。黄粉も少し拝借した。とろとろになるくらい多めの水で練って杯に入れ、箱の隅に入れておいたら、朝、少し減っていた。

「フナ粉？」

朝の膳を受け取るとき、光子が不思議そうに目を丸くした。

「はい。ルリビタキを拾ったんです」

坊ちゃんが、とは言わなかった。昨日の失敗を取り戻すために、この上はルリビタキの世話に心血を注ぐしかない。

「そうねえ、台所にはないけど、すぐそこのおじさんがメジロを飼ってるから、少しなら分けてもらえるかも」

「お願いしてみてもらえませんか」

林に言えばフナ粉を買ってきてくれるだろう。それまで数日分、小さな身体だ、匙に一杯あればいい。

「わかりました。ルリビタキ、あとで見せてくださいね？」

「はい」

「あ、そういえば」

急に明るい顔をした光子が希を見た。

「小鳥の竹籠を納屋で見かけたことがあるの。探してきましょうか？」

「お願いします」

ずっと箱に入れておくわけにはいかないし、怪我の様子からすると、しばらく養生が必要だ。

光子が首を傾げた。

「希さん、小鳥に優しいのね」

「そんなことはないです」

もともと鳥は好きだが、坊ちゃんから預かったせいで特別に大切だとは打ち明けられない。

「希さんのお嫁さんになる人は、幸せだろうなあ」

思わず零れたように光子はそう言って、はっとしたように口を噤んだ。もうじきこの世からいなくなる希には結婚の未来などない。

希は微笑み、膳を受け取った。

「鳥籠、よろしくお願いします」

鳥籠とフナ粉はすぐに届けられた。光子に「さっきはごめんなさい」と言われながら手渡され、希は「気にしていない」と答えた。彼女は、いつかいい男と巡り合って幸せになればいい。そう思うと自分もやり甲斐があるというものだ。

さっそく鳥籠を裏で洗って日向に干した。

メジロかウグイスが入っていたような、小振りで上等な鳥籠だ。飾りの枠に、炙って曲げた籤が波打つように嵌まり、吊るところには組紐の飾りがついている。

野鳥には贅沢すぎると思ったが、このルリビタキは資紀に預かった大事な『お客様』だ。元気になった姿を資紀に見せるときも、この籠なら恥ずかしくないだろうと思うとありがたかった。

鳥籠に古新聞を敷き、止まり木をかける。

側に持ってきた紙箱を開けると、ルリビタキが真っ黒の瞳で希を見上げていた。

「おいで。御殿だよ」

希は布ごとルリビタキを掬い上げ、籠の一番奥に置いた。ルリビタキは前のめりになりながら羽ばたこうとするが、やはり飛べないようだ。

布の中で体を丸めたルリビタキを眺めながら、希は考えごとをした。

昨日のことをなんとかして資紀に詫びたいが、希の気持ちを説明すればするほど泥沼だろう。だが資紀に礼は言えた。身代わりの役目を嬉しく思うこともたぶん伝わった。

あとは、資紀を不快にさせたことを出撃するまでに謝りたい。林に頼めば資紀の機嫌がいいときに――あるいは伝えないほうがいいならそのまま黙っていてくれる、いちばんいい判断をしてくれるだろう。

自分が出撃するときは、ルリビタキの世話を光子に頼もう。そんなことを考えていると、男の声で「希さん」と呼びかけられ、部屋の障子が開いた。立っていたのは林だ。

「希さん。仕事が見つかったけん」

「あ、はい。ありがとうございます」

以前から林に、何か内職がしたいと申し出ていた。落下傘の縫製はミシンがなければ無理だし、部品を組み立てる仕事なども『材料を運んでいるうちに出撃命令が下りたら運び損』だと言われてなかなか決まらなかった。

「がんばります。どんなお仕事でしょう」

「ああ、今晩からでいいんよ」

立ち上がろうとした希に林は説明してくれた。

「希さん、書庫に入ってもいいけん、本を探してくれんやろうか」

「はい。自分が入ってもいいんですか？」

「うん、いい。なんち、坊ちゃんの本を探すのが大変でなあ。毎日夕方、坊ちゃんが覚え書きをくれるから、それに書かれた本を揃えて、朝、坊ちゃんにお渡ししてください。そういう仕事。学者さんの子なら簡単やろ？」

「坊ちゃんのご本ですか？　俺がお渡しするんですか？」

「そう。儂らに本を読む暇があると思うね」

「あの、ですが……、自分は旦那さんから、坊ちゃんには会うなと言われています」

希が言うと、林は「もうそんなこと言うちょられんわ」と言う。

「坊ちゃんだってもう子どもではないんやから、ご自分の立場はようわかってらっしゃる」

林は本当に嫌気が差したような顔で頭を抱えた。

「坊ちゃんの本の題名が難しい上に、儂らももう目が薄くてなあ。なのに坊ちゃんは朝から急げ急げと仰るし、書生を雇える時分でもないし」

「ですが、俺は……」

徳紀に会うなと命じられていて、資紀にも嫌われているのに。

「坊ちゃんは、いいと言いました」

免罪符のように、きっぱりと林は言った。そう言われては断る術はない。

回廊のように本棚が並ぶ書庫に希はいた。

書庫独特の黴気のある紙のにおい。部屋の壁際も本がびっしりだ。天井までありそうな背の高い本棚が、背中合わせに縦三列、横三列に狭い間隔で並んでいる。

障子に朝日が差している。

指定時間の十分前だ。

希は書庫の一角に設けられた机の側に立って、机の上に重ねられた数冊の本を硬い面持ちで眺めていた。

廊下側の襖を開けて、白シャツの資紀が書庫に入ってくる。資紀はまっすぐに机に歩み寄った。

毎朝、基地に出かける前に資紀が本を取りに来るので、前日渡される書きつけの通りに本を揃えるのが希の仕事になった。

資紀は希の前で、ひと摑みにした本の背表紙を眺めた。希は息を止めてその様子を見守る。緊張する瞬間だ。

資紀は何も言わずに、重ねられた五冊の中から、手早く三冊を抜き、手前に置いて「包んでくれ」と言った。

「はい。……申し訳ありません」

希は三冊を小さめの風呂敷に包み、両手で資紀に差し出した。資紀は難しい顔で受け取り、書庫を出てゆく。書庫の出口の近くまで資紀についていった希は、部屋の内側から黙って頭を下げた。

廊下の終わりまで資紀の背中を見送って、襖を閉めたら急いで机に戻ってくる。残されたのは、フーゴー・グロティウスの『自然法論』と『孫子』だ。

フーゴーは英字のほうか、『孫子』は漢文のほうかどうか迷った。訳文と漢文のほうを揃えてみたが、間違いだったらしい。

間違うと資紀は一日機嫌が悪いので、どれも残さず持ち去ってもらえた日は、それで一日の仕事を終えたようにほっとした。

今日は駄目だった、と希は肩を落とした。

とにかく成重の書庫というのは、そこら辺の中学校の図書館に遥かに勝る蔵書の量だ。大学の図書館には及ばないが、何度か訪ねたことがある父の研究室の書庫にも見劣りしない。聞くところによると、亡くなった資紀の祖父と叔父二人、父親、資紀と、五人分の蔵書らしい。しかも似通った本が多い上に収拾がつかないまま、ただ乱雑に棚に押し込んでいるだけの状態だ。これまでみんなどうやって探していたのか不思議なくらいだった。

兵学校出の資紀は英語が堪能だ。ドイツ語も読めるし、漢文は当たり前に読む。資紀の書きつけは正確だったが、フランス語や長い題名の漢文だと、背表紙を一文字一文字辿っていかなければならない大変な作業になった。これでは林たちが音を上げるはずだ。書物を探し慣れた希でさえ、気安く引き受けたことを後悔した。

空いた時間に書庫を整理してもいいかと林に訊くと、そうしてほしいと言われた。助かると言われたが親切心からばかりではない。少しだけでも纏（まと）めなければ到底資紀の希望通りに本が揃えられそうにないからだ。

午前中の薪（まき）割りが終わると書庫の整理にかかった。資紀は、軍事論や兵法書、経済論をよく読むようだった。哲学書も多く、海図や、希がまったく読めないフランス語の本や、革張りの法律の本、高そうな色つきの図鑑もある。

ため息が出そうな蔵書の量と雑多ぶりだ。ざっと見渡すだけでも、まともに整理されるまで数ヶ月はかかりそうだ。

机の上に残された二冊の本を手に取って、表紙と背表紙を隅々まで眺める。やはり資紀に貰（もら）った書きつけから間違いを見つけることはできない。資紀の好みを覚えてゆくしかないのだろうか。そうするのが好ましいのはわかっているが、いつ出撃命令が出るかわからない希には多分、その時間は残っていない。

本を一旦机に置き、希は縁側の障子とガラス戸を開けた。戸を開けても、本棚のせいで左半分には光が入らず、書庫の中は薄暗い。

隣の竹林がざわざわと乾燥した音を立てるのを聞き、希は朝から張りつめていた心の緊張をほどいた。いかにも冬めいた軽い葉音の中に、ひとつため息をつく。資紀がいる間は緊迫感が漲るが、一人になると居心地のいい場所だ。

書庫にいると東京に移してしまった父の書斎を思い出した。埃っぽい紙とインクと墨のにおいが空気に滲み出していて、懐かしい気持ちになった。

希は残された本を手にして、本棚に向かった。哲学書の棚はまだバラバラだ。だいぶんまとまってきた兵法書のあたりに、腕の中から『孫子』を挿し戻す。《孫子と言われたときは書き下しのほうを出す》と覚えても、次の機会があるかどうかわからない。だが自分があの世に持っていける資紀の記憶として、大切に胸に刻むことにした。

本棚から、明らかに分類が違う本を数冊抜き出して足許に置いた。どういうふうに纏めようかと悩みながら、この本をとりあえず哲学書のところに挿すか、法学のところに挿すか希が迷っていると、

「やあ」

と庭のほうから男の声がした。

ここには誰も来ない。離れに客人だろうか。

家人だろうか、隠れたほうがいいのだろうか。

迷っている間に、突然若い男が、ひょいと片膝で縁に上がり、廊下に手をついて奥を覗き込んできた。きょろきょろと見回し、すぐに希を見つける。声が出ないくらい驚いた。鬼ごっこ

の鬼のように明るい表情だ。

「資紀こっちにいる?」

友人を見つけたように、見知らぬ男は明るく尋ねてくる。

「あ。……もっ、……坊ちゃんは、たった今出かけられました」

「ああそう。まあいいや」

男はそう言って、勝手に縁側に腰を下ろした。海軍の軍服に、手に軍帽を提げている。見たことのない男だ。思わず後ずさる希にかまわず、男は縁側の板張りに肘で這(は)いながら書庫の中を覗き込んだ。

「ああ、懐かしいなあ。裏屋敷はじいさんが生きてるとき以来か。よく大衆紙を隠れて読んで正座させられたっけ」

知り合いだろうか、親戚のたぐいだろうか。顔は非常に整っているが、資紀とは似ていなかった。短くしていても波打つくらいの癖毛、少しタレ目で愛嬌(あいきょう)があり、初対面の希にもかしこまらず、にこにこと子どものような笑顔を向けてくる。背も高く、身体も立派だ。

「あの、失礼ですが、どなたでしょうか。玄関は向こうですが」

「俺は、衛藤新多(えとうあらた)っていうんだ。裏口からごめんよ。母屋から歩いたらこっちに着いちゃってね」

「あ、あの……」

名前を訊いたのではなくて、この家とどういう関係かを訊いているのだ。他人なら出ていってくれと言わなければならない。あまりに突然で隠れ損なってしまったが、もしも希を捜しに来た人だったらどうしよう。希が困惑していると、新多と名乗った男の第一声を思い出した。

――「資紀」？

資紀と親しいのだろうか、と考え、ふと襟の階級章を見て、希はひっとあとずさった。黒地に金線。桜が三つ。資紀と同じ、彼は大尉だ。

「……！」

希は足許に本を置き、慌てて敬礼の手を上げた。帽子がないのに気づいて、あたふたと頭を下げる。本を抱えたままぼんやりと大尉の名前を尋ねるなんて、女子どもでもしない。

「いいっていいって、資紀に聞いてる。希ちゃんだっけ。可愛(かわい)いなあ」

「あ、あの」

「着任は明日だから、今日は挨拶回りなんだ。お茶でも淹(い)れてよ、くたくたなんだ」

「ああッ！　新多坊ちゃん、お久しゅう。父上様ご母堂様には大変ご無沙汰しております！」

母屋から林たち年寄り三人衆が、床の間にひっぱり上げそうな勢いで挨拶をする。新多はそんな扱いにも慣れているようで、平気で茶を欲しがったり、奥に上がるのは面倒だと言う。結局そのまま書庫の縁側に本格的に腰を下ろしてしまった。

「さっきこっちに着いたところ。今日は、資紀の顔を見に来ただけなんだ」

笑う新多に、老人たちは、申し訳ありませんとか、恐れ入りますとかいちいち大仰だ。

「資紀はもう出かけたっていうし、どうせ明日会うからいいよ。茶を飲んだら帰る」

出された最中をぱくぱく食べて、茶を飲み干しつつ、ぺこぺこする老人たちに新多が言うのを、希は部屋の隅に正座をして呆然と眺めていた。林たちが来たので、応対をまかせてそっと自分の部屋に引っ込もうとしたら「ああ、君はそこにいて」と言われたからだった。

どうやら資紀の昔なじみらしい。家同士の付き合いもあるようだ。

聞き取れる会話からすると、新多の自宅は大分で、明日付で基地に着任してくるらしい。林たちの態度を見れば、衛藤家も成重に負けず劣らずの名家のようだ。

どうしようと考えても何の案も浮かんでこない。

不意打ちとはいえ新多に姿を見られてしまった。帰宅した資紀が新多に対して不機嫌だったら自分のせいだと思いながら、希がぼんやり座っていると、希を振り返る林たちと目が合った。

「――そう。ソイツと二人で話してみたいから、下がってくれる？　ご母堂には明日挨拶に出直してくるから。見送りもいらないよ」

「ですが、新多坊ちゃん」

「話は資紀から聞いてる」

資紀が、彼に希のことを打ち明けているという。事情を知っているなら、希の身元は明日着任すれば簡単にわかってしまうから下手な嘘はつけない。何といえばいいのか、どう説明をすればいいのか。

老人三人は顔を見合わせて、困った表情で希を見た。希だって何もわからない。

老人たちは、しつこく辞去の挨拶をしながら部屋を出ていった。徳紀の言いつけがあるというのに、実家のせいか階級のせいか、新多にはお手上げという雰囲気だ。

新多と二人きりになった。

「来てみな、希ちゃん。見習い飛行兵じゃないんだろ？」

「はい」

縁側から呼ばれて、希は思いきって腰を上げる。資紀が知ったら怒るだろうかと怖くなったが不可抗力だ。彼は上官で、希には反抗する手立てがない。

希は縁側の手前まで行って正座をし、腿に手を置いて新多に礼をした。新多は俳優のような甘い容姿をした男だった。逞しい身体に軍服がよく似合う。女性たちが隠れて見に来る、夏の白い第二種軍装で資紀と並べばいかばかりかと、想像するだけでため息が出そうだ。

「君がそうか」

確かめるように新多が訊いた。勤務中と私的な時間を分けたような砕けた口調だ。ためらいながら「はい」と希は答えた。希の名と居場所を知っているからには嘘ではないだろうが、どこまで知っているかはわからないので油断はできない。

「書生のようなことをさせていると聞いているよ。身のまわりの世話もしているの？」

「いえ、御本の用事だけ」

希が、資紀の本の仕事をするようになったのはつい最近の話だ。新多と資紀はよほど親しいらしい。

「そうか。それは賢い。アイツも進歩したな」

新多は五月の空のような笑い方をした。

「資紀は気むずかしいだろう？」

「いえ、そんなことはありません」

「あるある。なかったら別人だ」

「本当です。坊ちゃんが怒るときは、自分が至らないだけです」

機嫌が悪いだけで怒鳴ることはないし、理不尽も我儘も言わない。不機嫌なのも、希が資紀の言いつけ通りの本を揃えられないからだ。

「いい子だね、希ちゃんは」

「『希ちゃん』はやめてください。こう見えても甲飛です。歳も十八です」

資紀や新多などとは比べものにならないが、希は予科練卒だから選りすぐりの航空兵だ。資紀の身代わりになる手前もある。見くびられるのは困る。

新多は希の訴えに微笑ましいものを見るように笑い返した。

「ああ、優秀だって聞いたよ。でもやっぱり『希ちゃん』だ。アイツが可愛がるわけだよ」

可愛がられるという表現にはひどい違和感があったが、希は黙っていた。それにもしも希の容姿のことを言っているのなら、不服だが仕方がないかとも思う。二重の大きな目のせいで、幼い頃は女の子とよく間違えられていたし、今もどちらかと言えば骨細で、鍛えても鍛えても身体に筋肉がつかない体質のようだ。細身であるが力は強いから、狭い操縦席で労働をする飛行機乗りに向いていると褒められたこともある。今は軍服でもなく、髪も一月分伸びて、学生のような姿になっているから、侮られても仕方がない。

新多は胸から取り出した紙巻き煙草に燐寸で火をつけた。庭に煙を吐きながら言う。

「資紀、いいヤツなんだよ。ちょっと不器用だけどね」

そうは思えない、と思ったときふとルリビタキを拾った日のことを思い出した。そっと湧き上がる笑いを奥歯で噛み殺す。新多の言うことは本当だ。ようやく幼鳥を脱したばかりのルリビタキに、生麦を箸で与えようとした人だ。

優しい視線で希を眺めていた新多が、唐突に訊いた。

「希ちゃんは、本当にそれでいいの？」

「何がでしょうか」

「いろいろなこと、全部」

新多は伏せた視線を乾いた庭に投げながら、真面目な声で言った。

「俺は、希ちゃんの事情を知らない。でも金がないとか、この家の言うことを聞かなければならない何かがあるなら、考え直したほうがいいと俺は思っている」

本当に、彼は何もかも知っているのだ。

戸籍を移し、資紀の代わりに死ぬことについて、納得できないところはないのか、無理やり身代わりにさせられているのではないかと、新多は確かめようとしているらしい。

希は、微笑んで答えた。

「はい。大丈夫です。俺が決めました」

「でも、どうせ特攻に行くなら、実家の名字で逝きたくなかった？」

「……そうですね……」

希は少し迷って言葉を止めた。幼い頃、資紀に助けられたこと、代わりに死ねるのが嬉しいと思うほど、憧れてやまない人だったこと、すべてを話すには長い時間が必要だ。新多という人物をまだよく知らないのに、得意ぶってべらべら喋(しゃべ)るのも軽率だと思う。

「満足です」

一言、はっきりと希は答えた。嘘はなかった。

新多は少し驚いたように希の返事を聞き、「そう」と鷹揚(おうよう)な返事を煙草の煙とともに吐き出した。

「希ちゃんに会えてよかった。機会があったらまた来る」

「はい」

縁側を立ち上がる新多を追って、希が膝を立てると「見送りはいらない」と気軽な口調で言って帽子を被った。

「ああ、自己紹介が遅れたな。俺は資紀の海兵学校のときの同期だ。通信が専門でね。明日から基地通信課の指導に入る。霞ヶ浦にイイ娘を残してきたならラブレターを打電してやるよ。普段は士官官舎にいるから、夜中にこっそり遊びに来るといい」

「こちらのお屋敷にお住まいじゃないんですか?」

資紀の同期で、家柄のある海軍大尉だ。真っ先に下宿を受け入れ持てなしたい人物のはずだった。母屋はすでに下宿でいっぱいになっている。だが新多のためなら、一人か二人を他家に斡旋して、広く客間を空けるだろう。

「騒がしいのは嫌いじゃないんだ。資紀も来いって言ってくれたし。この家、基地に近いから便利だしね。だけど」

人なつこそうな新多はそう言ったあと、顔を歪めて口許に手を立て、声を潜めた。

「悪いが、俺が資紀と一緒に暮らすのが耐えられない」

「えっ」

「あの、クソ真面目な神経質男と暮らすくらいなら米軍と暮らす」

「！」

本気で嫌そうな声で囁かれて、思わず希は噴き出してしまった。マズイ、と思って口を塞ぐ。俯いたところを、頭をくしゃくしゃと撫でられて、希は呆然と新多を見上げた。

「あの！」

追いかける間もなく、じゃあな、と言って新多は去っていく。長い脚の歩みは速く、希が廊下に膝立ちになっている間に新多の姿はあっという間に門の向こうに見えなくなった。

自分はのろまなのだろうか。

予科練ではまあまあ優秀だったたし、大人しいと言われたことはあるが、のろまと言われたことはない。

新多曰く「クソ真面目で神経質な」資紀、明るくおおらかな新多。正反対に見える二人だが、行動の潔さは多分よく似ているのではないかと希は思った。

案の定、帰宅した資紀の機嫌は悪かった。

母屋で、新多が来たことを聞きつけたのだろう。しかし到底「友人の訪問に居合わせられず残念がる」といった様子ではない。ムカデを逃がしてしまったような、忌々しい嫌悪を肩のあたりから立ち上らせているように希には見えた。

本当に新多は資紀の友人なのだろうかと心配になりながら、押しつけられるように渡された、本の風呂敷包みを受け取った。そのまま明日の分の書きつけを受け取るために、希は資紀の後ろについて書庫の机に向かう。

資紀は椅子に腰かけながらため息をついた。希がその隣に立つと、低い声で資紀が訊いた。

「新多が来たのか」

「はい」

「何か言っていたか」

「いえ、特になにも。明日ご着任で、今日はご挨拶にいらしたと。あと……自分のことを坊ちゃんから聞いているとだけ」

震えそうになりながら希は答えた。間違っても「資紀と暮らすくらいなら米軍と暮らすと言っていた」などとは言えない。

資紀は憎々しげな表情をして、希が机の上に用意していた万年筆を睨(にら)んだまま言った。

「あいつの言うことを真に受けるなよ？　真実は三分の一もない」

資紀の友人を名乗る、初対面で優しい人を信じるなと言われても、頷(うなず)いていいかどうか希にはわからない。

「返事は」

「は、はい」

「まあいい。俺に何かがあったときはアイツを訪ねろ。悪いようにはしない」
「……はい」
　仲がいいのか悪いのかわからない物言いだが、何らかの信頼があるのは確かなようだった。
希は、本棚の横にある小さな台に風呂敷包みを置いてから、資紀の側に戻った。
　希が机の横に立って見ていると、資紀は万年筆と紙を引き寄せる。舶来の万年筆のようで、
金のペン尻と、光沢のある紺色の胴が美しい。
　最近、以前に増して紙が貴重品になっていた。一度紙をおろせば、文字が見えなくなるまで
重ね書きをするのが普通で、希が荷物の中に忍ばせてきた新しい三枚の模造紙も、遺書用とし
て特別に用意してもらったものだ。
　そんな状況でも希に渡される覚え書きには毎日新しい紙が使われた。手に乗るほどの大きさ
だが裏も新しい。将校の資紀だから許される贅沢だ。
　明日は必ず資紀の希望のものを揃えてみせる。気を引き締めながら、希は資紀の手元を凝視
する。資紀がペンを動かした。だがその下には何も書かれていない。
「坊ちゃん」
　希は思わず声を出した。資紀の視線が希を見る。
「……インクがありません」
　希は気がついていないようにペンを動かす資紀に言った。

資紀は何も答えない。まさか希にだけ見えていないということはないだろう。今だって紙は白いままだ。

資紀の要求はいつも難しい。今度は白紙の題字を見て本を揃えろというつもりだろうか。戸惑う希の前で、資紀は再び黙ったまま行を変えてペンを滑らせている。

意地悪はやめてください、と言えば、また機嫌を損ねてしまうだろうか。それともこのまま黙って見ていたら、なぜ止めなかったと叱られるだろうか。

勇気を出してもう一度、声をかけようとしたときだ。

「あ」

紙の上にゆっくりと文字が浮かび上がってきた。擦ったような薄い灰色から黒へ。上の行がどんどん濃くなって、資紀が五冊目の本の題名を書く頃には、一番上ははっきりと読み取れるようになっていた。

「原料不足で着色料が入っていない。不良品のインクだ。安く購入できたから手に入れたんだ。書くのに少しコツがいるが、慣れればどうということはない」

「着色料ですか?」

「ああ。書きにくいから青い染料で着色しているだけで、インクはもともと透明だからな」

「鉄原料、ですか」

「そうだ。タンニン酸第一鉄。酸化すると黒くなる。賢いな、おまえは」

理屈は中学校で習った。実際に見たのは予科練で、燃料の指導を受けたときだ。そういう仕組みだったのかと希は感心した。青い染料を目安に文字を書き、本当のインクが酸化して、あとから黒く発色する。万年筆で書いた青い文字が、あとで見ると黒いのはそういうわけだ。

昔、幼い希に小さな魔法をいくつも見せてくれた父のことを思い出した。

資紀は文字を書いた紙を横に寄せ、新しい紙を引き寄せた。希に見えるような位置でそれに点を打つ。左、右にひとつ、まん中にとんとんとん、と三回、左下と右下にひとつずつ。

「昼間は星は見えない」

そう言って資紀は希に見えるように紙を差しやる。

徐々に浮き上がってくる黒い点。オリオン座だった。

嬉しくなって希が紙を手に取ろうとすると、資紀が、何かに気づいた表情をした。希の手の甲を見ていた。

何だろうと思う希の目の前で、資紀は、眉間に皺(しわ)を寄せてため息をついた。そして、やはりぶっきらぼうな声で言った。

「──海にでも映せ」

そう言って資紀が立ち上がったと同時に希は気がついた。資紀は、星ではなくて希のホクロを描いてくれたつもりだったのだ。

取り上げられるのが怖くて、その紙を希は素早く拾い上げ、反対の手で資紀の袖を掴んだ。

「お礼を言わせてください」

「何の」

「坊ちゃんは、俺に星をくださいます」

「たかが紙だ」

「俺の中では本物の星です」

「希」

初めて名前を呼んでくれた。頭に血が上りそうになるのを俯いて堪え、希は続けた。

「――本物の海です」

煌めくのは空の星ではない。資紀という名のきらめきだ。光を受け止めるのは自分の心という海だ。資紀が与えてくれるささいな気持ち――それが希の本物の星であり、海だった。

「……星はおまえのほうだ」

呻くような低い声に希は顔を上げた。

「！」

腕を取られ、壁に押しつけられる。背中が柱に当たり、どん、と音を立てた。後頭部をぶつけて思わず希は目をつぶった。慌てて目を開けると、驚くほど目の前に資紀の不機嫌な顔がある。

見開いた目に、彫り込んだような資紀の二重が見えて、息が引き攣るくらいうろたえる。額同士が触れそうな位置にある。希は逃げるように目を伏せた。吐息が鼻先にかかる。本当に唇まで触れてしまいそうだと思い、遅れて口づけという単語を思い出した。頭にぎゅっと血が上りそうな、緊張と狼狽に希は震える。今にも割れそうに打つ心臓がほんとうに痛くて目を細めた。

触れる、と思った瞬間、

「――！」

急に激しく振り払われて、希は再び壁に背中をぶつけて真下に崩れ落ちた。

「坊ちゃん？」

呆然と呟いた。資紀はまっすぐ部屋を出てゆく。足を止める気配はない。

襖の向こうに消えてゆく彼の背中を見つめながら、希は力が抜けるまま、前のめりに畳に両手をついた。廊下の向こうに資紀の気配が消えてゆくのを耳で追う。

よく磨かれた床板を見ながら、迷惑なのだろうな、と、希はぼんやり考えた。

彼の家族にとっては希に価値があっても、資紀には邪魔者でしかないのかもしれない。納得したように見えても、自分を見るたび、特攻に行けない自分を歯がゆく思うのだろう。

希は、畳の上に落ちた紙を眺めた。

真っ白な紙の海。紺色で打たれた七つの星。

資紀が自分を好きでなくてもいい。あの人のために死ねるだけで十分だと思っていた。

夕餉の始末が済むと、裏屋敷には人気がなくなる。希は足音を殺して書庫へと向かった。襖を開けて真っ暗な部屋に入ると、まっすぐ進んで、正面の障子をひとつ開けた。そのあと資紀の机にあるランタンに灯を入れ、それを本棚の横のフックに吊り下げる。資紀に命じられた本は夕方探し終えていた。

棚のほうに回り、本棚の左下に固めておいた数冊の本を取り出して腕に抱える。

裏屋敷から人がいなくなる昼間と夜、希は本の整理のために書庫に通っていた。

まずは大きな分類に分けることにした。歴史、文学、兵法、数学、哲学、経済、地理、政治、医学、法律。それぞれに該当する評論も図鑑も纏めて入れ、細目ごとにアイウエオ順で並べる。そのあと執筆者順で並べるか、項目ごとに並べるか希はまだ決めていなかったが、さすがにそこまでここにいられそうにない。あとは本の整理を引き継ぐ人に任せようと思っていた。

書庫の本は部屋に好きに持ち帰っていいと言われていたが、持ち出すことはなかった。長い物語の途中で出撃命令がかかると続きが気になるかもしれないから、短い童話ばかりを書庫の中で読んでいる。この本を読み終わる頃には出撃命令が下りるのではないかと期待しながら、もう何冊読み終えただろう。

今夜はヨーロッパ文学あたりを集めるつもりでいたが、どうにも身が入らず、希は休憩することにした。

絵本や児童文学が集まった一角に行って畳に膝をついた。英語の絵本から、資紀の小学校の教科書まで、これだけでも希が通っていた尋常小学校にあったすべての本よりずっと豊かな量だ。裕福な家庭で愛された資紀の幼児期が目に見えるようだった。

希は丈が揃っていない背表紙の中から、一冊の薄い絵本を抜き出した。青い鳥の表紙だ。アルファベットの表記だが読めないからフランス語だろうか。ランタンの下に持っていってページを捲ると、鳥籠を持った男の子と女の子が描かれていた。青い鳥を探す話のようだ。ルリビタキのようだと思いながら絵だけを眺めた。油絵のような筆致で、色とりどりの風景の中に浮かぶ青い鳥が美しかった。最後のページには、鳥籠の中に落ちている薄青い羽が描かれていた。結末はどうなったのだろうと思っていたとき、不意に襖が開いた。現れたのは資紀だった。

希は慌てて本を畳んで立ち上がる。

「お……お邪魔しております……！」

資紀も、こんな時間に希が書庫にいるとは思わなかったのか、入り口で立ち止まって希を凝視している。

叱られるかと思ったが、資紀はため息をひとつついて室内に入ってきた。彼の視線は希の手にある絵本に注がれている。

す」
「嘴に少しヒビが入って、足をどうにかしているようです。飛べないようなので、翼も痛めているかもしれません。でも、餌は食べますから、養生させればまた飛べるようになりそうです」

「鳥はどうだ」

手にした本の幼さに少し恥ずかしくなりながら希は答えた。軍人らしくない本だ。

希は資紀の視線から絵本を隠すように、できるだけ自然に、本を持っていた手を下ろした。

「昼間は申し訳ありませんでした。自分はこれで退出いたします。ランタンはこのままでよろしいでしょうか」

謝ってばかりだ。情けなく思いながら、希は資紀に頭を下げた。彼が描いてくれた星の書きつけが嬉しかった気持ちは本当だ。だからこの謝罪は資紀を不快にさせたことへの詫びだった。

資紀は返事をすることなく、冷たい視線を希からはずした。

「続ければいい。俺は外を見に来ただけだ」

相変わらず無愛想に言って彼は、庭のほうに足を向けた。

希は戸惑いながら、縁側に出る資紀を目で追う。どうしようと思った。話し相手になるべきか、そっと部屋を出てゆくべきか。本を読んでいいと言ってもらったのに無視して出ていくのも失礼だ。だからといって本を読むふりをするのも居心地が悪い。

資紀のあとを追って縁側にゆくと、資紀は板張りに腰を下ろした。胡座(あぐら)を組んで空を見上げる。

　希はためらいながら資紀から離れた位置で膝をついた。

「あの」

「いい星空だな」

　希の声を遮るような間で、資紀が言った。

「……はい」

　言われて仰ぐと星空が見えた。冬のよく澄んだ夜空だ。オリオン座とシリウスの、磨いたような白銀の刺が見事だった。

　希はおずおずと問いかけた。

「坊ちゃんは、星が、お好きですか」

　小さい頃資紀はシリウスを知っていた。この屋敷で初めて会った日も庭で星を眺めていた。

「ああ」

「どの星が」

　尋ねると資紀は黙った。うるさくしてしまっただろうかと希が思っていると、資紀が言った。

「それぞれに名前があったのだったか。お前の手の星には」

「オリオン、ですか？」

　問い返すと資紀は頷く。希は資紀の背後に膝で近寄って空を見上げ、控えめに告げた。資紀はオリオンを知っているから説明は簡単だ。

「左上から、ベテルギウス、隣がベラトリクス。まん中が、右の高いほうから——」

「おまえのオリオンは、海に映さなければならないのだろう？」

「坊ちゃん……」

そんなことまで覚えていたのか、と、胸が詰まりそうになる希の右手を、資紀は軽く掬い取った。

「上が、ベテルギウス。左がベラトリクス。それで？」

資紀が催促をする。

希は資紀に取られた自分の右手の甲を指さし、うわずりそうな声で答える。

「いちばん下が、リゲルとサイフです。まん中の三連星は、高いほうからミンタカ、アルニラム、アルニタク。これを辿ると、シリウスが——」

手の星座を辿ったその先に資紀がいて希は声を呑む。希だけの星が——シリウスがいる。

資紀は、希の手の甲に目を落としたまま呻くような低い声で呟いた。

「なぜ予科練へ行った」

問われている意味がわからず、希は資紀を見た。

どうしてそんなことを訊くのだろう。希の父が学者だと知っているからだろうか。

ずっと一人で心に秘めてきたことだった。希は少し迷ってから決心した。

「坊ちゃんに助けてもらった日から、自分はずっと坊ちゃんに憧れていました。将来、坊ちゃんが将校になられたとき、坊ちゃんの指揮下で活躍をしたいと思ったからです」

これまでまわりに言ってきたのと同じに、「航空機が好きだったから」と資紀にも答えようとしたが、星の下では嘘がつけない。今度は彼に腹を立てさせないように慎重にと思いながら、希は続ける。

「父は天文学者ですが、自分には兄が三人いて、上の二人は研究者で内地におります。家が絶えることはありませんから、すぐ上の兄と俺は、好きな道を選ばせてもらいました」

答えると資紀は顔を歪め、小さな声で「馬鹿な」と言った。徴兵を免れる方法があったのに、望んで兵隊になるのは愚かだとまわりからも言われたことがある。それに、たとえ航空隊員になったとしても、希が資紀の下で働ける保証はどこにもない。今ある状況はたまたまの幸運だ。そんな可能性に命をかけることに、迷いがなかったと言えば嘘になる。あの夜までは――。

「予科練の頃、夜間飛行訓練で、練習機に乗って、雲の上に初めて行きました。雲も、ガスもなくて、ものすごく星がきれいに見えました。……オリオンも、シリウスも」

雲にもガスにも遮られない、星の本当の美しさを知ってしまった。地上ではけっして見ることができない遠い星を希は見たのだ。真っ先に資紀を思い出した。そこで迷いは吹っ切れた。

「なぜ……」

資紀は呟きかけて黙ってしまった。

言葉の続きを待ったけれど、無言が続くばかりだ。希の右手を摑んだ手に力だけがこもってゆく。希は、もしかして、と思った。

航空隊員にならなければ身代わりに選ばれることもなかったのにとでも思ったのだろうか。でもそれは資紀のせいではない。自分が勝手に憧れて、運よく選ばれただけだ。

希は、途切れた話の続きを言葉にした。

「シリウスから地上までの距離は約八光年――光が届くまで八年かかるのだそうです。だから誰よりも今、星に一番近いところにいるんだなと思うと、すごく嬉しくなりました。あそこが俺の仕事場なんて、飛行機乗りになってよかったなと」

輝く星を見て、資紀に近づけているような気がした。ほんとうに飛行機乗りを選んでよかったと心から思った。

「だから坊ちゃんは安心してください。これは心底からの俺の望みですし、お役目をいただく以上、この家と坊ちゃんに恥じないよう、必ず当たってきますから」

厳しい顔で希の話を聞いていた資紀は、摑んだ手にぐっと力を込めた。長い沈黙があった。迷ったが、希は資紀の肩にそっと額を寄せた。指先がちりちり痛むくらい強く握ってくる手のひらの中で、どんどん速くなってゆく脈が、言葉より雄弁に希の心を語っている。希は資紀の肩に軽く額で触れた姿勢で、資紀が手を離してくれるのを待った。

いくつも呼吸をしないうちに引き寄せられ、資紀の手のひらの中で、自分の腕が強ばるのを希は感じた。

身体を廊下に押し倒された。背中に硬い床板が当たる。頰に触れられる。唇が重なったのはすぐだった。

「……坊ちゃん……？」

困惑で震えそうになる。何をするのか訊こうと仰いだ資紀は、苦しげに顔を歪めていた。

「坊ちゃん……」

戸惑って呟いた。声を止めるように、資紀は唇をまた口づけで塞いだ。

今度は唇を吸われて、舌で舐められる。

「あの、坊ちゃん……⁉」

摑まれたままの手を引き上げられ、希は慌てて膝を立てながら、立ち上がる資紀をふり仰いだ。資紀は希を立たせると引きずるように書庫に連れ込んだ。

障子が閉められ、畳の上に引き倒される。

「坊ちゃん、あの……！」

シャツの襟を開かれ、首筋に唇を押しつけられた。資紀の手が希の素肌の胸元に滑った。

「坊ちゃん、何を」

「嫌なら言え」

剝き出しになった腹を撫でながら、怒ったように資紀が囁く。何が起こるかは何となく気づいていたが、だが嫌と言っていいのかどうかはわからなかった。

抱かれるのだろうかと思うと怖くなった。でもやめてほしいとは思わなかった。

男同士でもよくあることだと予科練の頃に聞いていた。兄弟の契り、仲間の契り、同期の契り。言葉より強い約束を交わしたいときに、身体の関係を持つということらしい。他人ではないという儀式で、特別な関係にあるのだと肉体を繋いで証明すると。

戸籍上は兄弟になったといっても紙の上でのことだ。血の繋がりがない自分と資紀のあいだを、こうして結んでくれようとしているのかもしれない。

「——……っ……」

前のボタンを全部開かれ、泣きそうな気持ちで希は唇を噛んだ。嬉しいと答えるのが恥ずかしかったが、答えないのが答えだと思ってほしかった。

伸びかけた髪に指を挿され、深く口づけを交わした。溺れそうな呼吸の中で、一瞬仰ぎ見る資紀の瞳はランタンの光に黒く揺れて、震えるほど美しかった。

胸の色づきを口に含まれ、粒を前歯で噛まれたときも黙って耐えた。

爆発しそうな鼓動を打つ胸から、戸惑いに波打つ腹まで、身体の形を調べるように資紀の手のひらがじっくりと撫でる。頭の芯がくらくらするまで口の中を資紀の舌に蹂躙されて、快楽よりも、湿った吐息の熱と密着する粘膜の感触に酔った。

羞恥の中で膝を開かされる。

狭い内臓に指を挿し入れられ、苦しさに慣れる間もなく、圧倒的な質量を持つ資紀の欲情を受け入れた。苦しいばかりで、声が漏れた。痛みで押し出されるように目じりから涙がいくつも零れる。

嵐のようだ。嬉しいと思う余裕もない。

「あ……、っふ、あ。あ！」

冬だというのに汗だくで、みしみしと全身を軋ませながら交わる行為は、まさに身を繋ぐというものだった。

焼けた鉄の棒を身体の芯に捻じ込まれるようなものだ。「無理」と何度もかぶりを振ったが、許されることはなかった。

内臓を裂くように押し込まれ、ぞわぞわとする不快感を纏いながら引きずり出される。ああ、と震える声を出しながら、こめかみに涙が汗と混じって流れるのを希は感じていた。身体の中から長いものを引き抜かれる感触を耐え、閉じてゆく内臓に、また張り裂けそうに硬い肉を押し込まれる。

身体を繋ぐことがこんなに苦しいとは思わなかった。何度も意識が遠くなり、最後はすすり泣く自分の声が夢の中でのように聞こえる。

激しく身体を揺すられながら、合わせた唇のなかで、歯が当たって音を立てた。弾みで切れた唇から鉄のにおいがする。インクの味だと希は思った。

「は……っ……」

痺(しび)れきった舌先から、資紀の唇の間に引かれた唾液の糸が、ランタンの灯りに照らされて淡い金色に見える。見とれる間もなく再び深く突き込まれて、希は泣き声を上げ、シャツの袖が絡んだ腕で資紀にしがみついた。

資紀の気持ちに報いたい一心で、長い痛みと苦しみを耐えた。

「――……っ、ん……。あ……――……」

終わったあと資紀のものが身体から引き抜かれても、身体は骨が砕けたようにくたくたになってしまって、身じろぎすらできなかった。

薄暗い灯りが畳の上に揺らいでいるのがぼんやりと潤んだ目に映る。夕日を映す海のようだと、朦朧(もうろう)とした意識の中で希は思った。

そのまま半分気を失ったように横たわっていると、資紀が「人を払っておくから朝まで休んでいけ」と耳元で囁いた。頷いたところで記憶は終わりだった。

月光の白さを朝と勘違いして希は慌てて飛び起き、そのまま身体の痛みにうずくまった。驚いてあたりを見回すとまだ真夜中だ。壁時計を探す。半時くらい眠っていたらしい。ランタンは消されていた。

身体を起こそうとすると、下半身と、力を込め続けた背筋や腕まで身体中がびっくりするほど痛い。

ああそうか、と希は自分の腕で、まだ混乱が吹き荒れている自分の身体を抱いた。

資紀と身を繋いだのだ。

痛む身体がいとおしいような、怖いような、身の置き場のない衝動に駆り立てられる。

泣いたせいか、頭痛もしていた。

行為が終わったところまでは覚えているのだが、そのあと意識は霞の中だ。身体の始末をしてもらい、シャツをかけられ、そのまま眠っていたらしい。

下半身が重く疼いていた。下腹が痛む気がする。

希はうろたえながら必死で身体を起こした。汚れた衣服をかき合わせる。

何とか立たなければと、震える脚で膝立ちになると、身体の奥のほうに残っていたものがとろりと脚を伝う。側に遺されていた懐紙で拭うと、血の混じった粘液がべっとりとついた。怖さや嬉しさよりもなぜか恥ずかしさが勝ってまた頭の芯から熱くなった。

希は自分の襟を掴み、覚束ない足取りのまま慌てて自室に戻った。広げるだけがやっとの布団に潜り込む。

ぐらぐら煮える頭の中で資紀とのことを思い出そうとするが、具体的なことはほとんどといっていいほど思い出せない。

情けだったのだろうと希は思った。

資紀を慕い、簡単に命を投げ出してみせる自分を資紀は哀れんだのだろう。どうせすぐに飛び立つのだ。遠慮なく縋ろうと、希は眠れない布団の中で壊れそうな疼きを味わった。

たとえ伝わることがなくとも、資紀が、希が喜ぶことを許してくれることが希には幸せだった。


自分の浅ましさを恥じながら、それからも希は毎夜、屋敷が静まると書庫へ本の整理に行った。ランタンを灯し、重ねた本を片腕に、資紀が来るまでの時間を数えるように棚に本を挿す。

廊下の奥に人の気配がある。身体を重ねた翌日、資紀は母屋から裏屋敷に部屋を移したらしい。母屋に下宿している海軍兵が溢れ、騒がしくなったからだと林に聞いていた。

襟足がそわそわとする。

足音がまっすぐこちらに歩いてきて、障子を開ける。希は腕の中にあった本をそっと棚の隅に置いて、本棚から身体を覗かせ、黙って資紀に頭を下げた。

資紀は何も言わずに書庫に入り、棚の横にかけてあったランタンの火を消してから希に手を伸ばす。希は、手を引っぱられるまま自分の部屋に続く廊下を歩いた。

二、三日おきに資紀は希を抱いた。

希の部屋を使うこともあったし、書庫で抱かれる日もあった。ほとんど言葉は交わさず、ただ書庫で待ち合わせるのが合図のように、資紀と関係を持った。

身体を重ねたからといって資紀が優しくなることはなかった。それどころか、もしかして希の告白を聞いて、一方的に資紀に想(おも)いを寄せる自分を蔑(さげす)んだのだろうかと思うくらい、資紀の態度は最初のときよりも冷たかった。

敷いていた褥(しとね)に乱暴に押し倒される。愛撫(あいぶ)もなく、油を塗られて身体を開かれる。何かの儀式のような冷淡さで資紀は希の身体を広げ、擦り、奥に熱を残してゆく。

身体には、内臓痛がいつも鈍く残っていた。疼きが消えるまえにまた身体の中を開き割られて、鈍い苦しみの時間を泣きながら耐えるしかなかった。

書庫に行かなければいいのはわかっている。だが資紀が恋しくて、どうしても足を止められない。

油を使うようになってからは、初めてのときよりはずいぶんすんなりと資紀を呑み込めるようになったが、けっして楽なことではなかった。資紀が身体の奥を出入りするのを感じられる余裕はできても快楽はない。

苦痛を逃れられる姿勢を探しながら擦られていると、じわじわと熱くなってゆき、奥まで呑み込みきると痛みがいくらかましになる。擦られる場所が痺れていって鋭い痛みを忘れかけた頃、粘膜の表面をこそげ取られたところに資紀が、溶けた鉄のような粘液を放って気を失いそうになった。

少しでも資紀は希の身体で快楽を得てくれているのだろうか。何を思っているのだろう。少しでも自分を好いてくれているのだろうか。尋ねたくとも、もしも出撃まであと幾日もないのなら、このままでいいと思ってしまって、どうしても尋ねられない。

あの夜の、煌めくような熱はなく、不安な夢の中のように白く褪せた月明かりの中で、資紀は希を抱く。

今日も資紀はいつもと同じように酷薄な手順で、だが高熱を発する身体で希を抱いていた。布団から肩が畳にずり落ちるほど、長く突かれた。声を堪えながら、資紀に身体を任せる。頭の上にあげた手の指で畳に爪を立てると、微かにい草の香りを感じた。

「――――っ……！」

胸の上に資紀が頭を垂れている。息を詰め、いっぱいまで押し込んだ肉を、さらに奥まで押し込もうとしながら、激しく鼓動し、精を吐く。

「く……――……。あ……！　あ」

硬さを失った肉が内臓の中からずるりと出ていく感触に、希は汗にまみれた背を反らし、目を閉じて苦鳴を漏らした。知らない間に指が食い込むほど強く摑んでいた資紀の二の腕から手を離す。寒い部屋の中、希と資紀の間にだけ押し殺したような熱が籠もっていた。

「……う……」

身体の中から資紀の肉が抜き出されるときの不快感になかなか慣れない。閉じてゆく粘膜が、奥に残された資紀の精を押し出すのがわかった。こじ開けられた穴から皮膚より熱い雫が零れ出してくるのが怖ろしい。

胸を反らして希は喘いだ。柱時計がこちこちと鳴っている。収まらない自分の呼吸の音が暗い部屋の中に響いていた。

相変わらず甘い言葉のひとつもなく、資紀は黙って希の身体の上に身を起こした。抱きしめてくれるわけでも髪を撫でてくれるわけでもない。ただ、いつも不機嫌なのかそうではないのかわからない表情で希を見下ろし、苦々しい顔で離れてゆくだけだ。

資紀は胸元のボタンを留めもせずに、さっさと部屋を出ていってしまった。おやすみなさいと言う暇もない。

「ふ……」

希は布団の上に倒れたまま、力ない呼吸を繰り返していた。

見送らなくていいと言われていたが、命じられても動けないのが正直なところだ。

何を考えてらっしゃるのだろう……。

それだけでも教えてくれたらいいのにと希は思った。

†　†　†

昭和二十年正月。

漏れ聞こえるラジオや、林から聞く話が嘘のような、穏やかな三が日だった。

屋敷に来て二ヶ月が経っていた。燃料と食物はどんどん少なくなっているが、県内にはまだ空襲らしい空襲もなく、南方の大海戦で日本艦隊が敗退したらしいという噂を聞いても、まだ戦争は他人事だ。

東京では米大型爆撃機B‐29による空襲があったというが、父や兄たちは無事だと連絡があった。恒からは、十二月に入って『撃墜数抜群ニツキ特別恩賞』と、相変わらず勢いのある走り書きとともに、酒瓶のラベルが自慢げに送られてきた。元気なようでほっとした。

希は正月を成重で過ごした。内密にならば実家に帰っていいと許しが出たが、死んだと思ってほしいと告げて家を出た身だから辞退した。すると林が実家に餅を届けてくれると言ってくれ、それには甘えることにした。餅米の田は畑に潰されていて、どこの家もなかなか餅がつけない。

帰らないのは、覚悟というより、早く出撃命令が出ないかと祈る気持ちが大きかった。まさかこんなにも——生きて正月を迎えることになるとは想像もしなかった。

正月中、資紀はずっと母屋で来客の接待にあたっていたようだ。三日には徳紀について東京へ行き、今日、五日になってもまだ帰ってこない。今回は新多も同行していて、慌ただしい出立間際に希の庭にやってきて「土産は何がいいか?」と訊いてきた。「ご無事を」と答えると、しきりに「かわいいかわいい」と連呼されて困った。

希は自分の部屋の中から、障子を開け放した庭を眺めていた。

冬に吹きさらされた離れの庭は静かだった。塀の外にも人の気配はなく、子どもが遊ぶ声も聞こえてこない。家人もほとんど実家や自宅に戻っていて、灯が消えたようにしんとしていた。

小鳥の声だけがときおり冷たい空をよぎってゆく。

自分が知らない間に戦争は終わったのではないか。そう思うほど空は静まりかえり、冬の透明な陽射しが乾いた土の上を照らしている。

希は、卓に置いた籠の中でちょこちょこと跳ねるルリビタキを覗き込んだ。

半月もうずくまって動けなかったルリビタキだが、それからすぐに止まり木に止まるようになり、二本渡すとほとんど下に降りなくなった。まだ飛べそうにはないが、ときどき羽を伸ばしている。春になる頃には仲間のいる空へ帰れるだろう。

青いルリビタキが、希に背中を向けてまん丸に羽を膨らませる。籠の隣に置いたトンボ玉と見比べた。

「兄弟みたいだ」

青くて丸いルリビタキとトンボ玉。ルリビタキのほうが大きいが、なぜかトンボ玉のほうが兄のような気がする。希が笑うと、ルリビタキが膨らんでいた身体を震わせた。

「おまえは置いていこうな」

籠の中で、嘴からしっぽの先までぷるぷる振っているルリビタキに囁きかける。

特攻の命令は急だという。ルリビタキが飛べるようになるまで自分が世話を焼けるだろうか。

「がんばれよ？　おまえだって生麦は食べたくないだろう？」

次に、自分のように小鳥に詳しいものが世話を焼いてくれる保証はない。光子あたりが引き取ってくれればよく世話を焼いてくれそうだが、資紀に引き取られたらルリビタキの苦労は計り知れない。

生麦を箸で口に詰め込まれる前に飛べるようになればいいと希は願った。

そして自分がいなくなったあと、叶うことならその黒い目で、健やかに生きている資紀を空からひと目、見てほしい。

東京で何があったのだろう。

自分の何かが至らないに違いないのだが、どうしても資紀が自分に辛く当たる理由がわからない。

朝、揃えろと書きつけを渡された五冊を机の上に積んで、希は資紀の訪れを待った。資紀はろくに本を見もしないで、五冊のうち、四冊を払いのけるようにして横に押しやった。

「申し訳ありません」

希は声が震えそうになるのを堪えながら、謝罪した。

ここのところ——七日に東京から帰ってきてからというもの、ずっとこんな状態だ。それからもう一週間以上、希は資紀が求める本を揃えられない。

「あの、坊ちゃん」

風呂敷に包むことすら拒み、一冊だけを摑んで去ろうとする資紀を希は呼び止めた。

「申し訳ありませんが、どうしても、わかりません」

紙は何度も見た。背表紙とも一文字だって違っていないはずだ。他に似た本がないかどうか、しらみつぶしに探した。探しすぎて蔵書の題名をほとんど覚えてしまったくらいだ。

「ヴィトゲンシュタインの『論理哲学論考』はこれ一冊しかありませんでした。間違いでしょうか」

難しい題名だが、本当にこの書庫にある本、すべてを見直した。これしかなかった。他の三冊もそうだ。表記が曖昧なときは、両方出した。それでも駄目だった。どこが間違っているかもうわからない。身体を重ねるときも、何かが資紀の気に障って、突然やめて部屋を出ていくことがあった。

八つ当たりだろうか。自分が気にくわないのだろうか。五冊中、四冊も間違うようなら、自分より林たちを使ったほうがましだ。いっそ資紀自身が探し出したほうが早い。

だが資紀は何も答えず、希にきつい一瞥（いちべつ）を残して書庫の出口に向かった。

「坊ちゃん」

せめて何が気にくわないのか教えてほしい。八つ当たりならそうだと言ってくれれば我慢ができる。

「教えてください、坊……」

「うるさい！」

追いすがる希を資紀が怒鳴った。

希は思わず足を止めたがまた踏み出した。

「っ……！」

今日は怒鳴られても、殴られても理由を聞こうと思った。資紀を追って書庫を出ようとした希の腕を、本棚の陰から覗き見ていた林が摑んだ。

「希さん」

「離してください」

「やめんね、希さん！」

のぼせ上がっていた耳元で怒鳴られて、希は張り詰めていた感情の糸を切られたように、林を振り払おうとする動きを止めた。林が諌める声で言った。

「ご苦労なことやけどな。坊ちゃんはアンタ以上のご心痛があるんやで？　じっと家におる身で、坊ちゃんに口ごたえなんか、していいわけないやろ！」

「わかってます、でも……！」

理性は戻っても気持ちはすぐには収まらない。

やるせなく、希は片手で顔を覆って俯いた。

受け入れられたいと望んだりしない、優しくされたいとも思わない。でも、理由がわからないままこんなふうにすべてを拒まれ、嫌悪の視線も露わに撥ね除けられると、覚悟をしてもやはり苦しかった。

希は、資紀から特攻機の席を無理やり奪い取ったのではない。希の望みではあったけれど、資紀を生かすためでもあるし、成重のほうから是非にと乞われたことだ。それなのに、どうして自分だけがこんなに彼の怒りを受けなければならないのかわからない。それとももっと他に、資紀が自分を嫌う何かの理由があるのだろうか。そうだとしたら教えてほしい。わかれば取り除くし、譲れないなら我慢する。資紀のために生きていると信じたい。希の望みはそれだけだった。

資紀はそのまま屋敷を出ていったようだった。

――御機嫌が悪かったんやろ。気にしなんな。

林に慰められて、書庫を出た希は、部屋に戻ってぼんやりと卓の前に座っていた。柱時計がかちこちかちこち立てる音を耳に詰め込まれているようだ。もう一時間以上こうしているだろうか。

本の仕事を断ろうか――。ここ数日はずっとそんなことを考えている。

自分は資紀の身代わりであって、書生ではない。

資紀にこんなにたびたび腹を立てさせるくらいなら、本の仕事を誰かに頼んで、自分は資紀に姿を見せず石運びでもしていたほうがいい。書庫の本はずいぶん纏めたつもりだ。誰が来たって以前よりずっと楽に探せるだろう。

資紀の不機嫌を察知すると、林たちはそっと奥に引っ込んでしまう。なぜ不機嫌なのだろうかと相談しても「坊ちゃんのなさることだから間違いはない」と言う。不服なら資紀の母親に相談してみるといいと、まったく希望のない提案をくれた。

資紀の母親は母屋の一室に籠もっていて、用事の応対はおつきの侍女が行うのが常らしかった。未だに希の挨拶も受けず、資紀ですら、艦隊勤務から大分に転属になって帰郷したとき会ったきりだということらしい。

正月前、希は偶然、資紀の母親が里帰りのために車に乗り込むところを垣根から垣間見た。

この時分に遠方に里帰りのための車を出すことも驚きだが、かんざしのついた髪を美しく結い、絹の着物を着ていたのにはさらにびっくりした。色白で痩せていて、生まれてから豆腐しか食べたことのないような人だった。あとで林が皮肉を言っていた。

『奥さんの部屋だけ戦争ではないからなあ』――つまり希が我慢するしかないということだ。

何がいけないのだろう。

やはり嫌われる理由がわからなかった。酷い人だと嫌ってしまえば楽になるのはわかっているけれど、トンボ玉やオリオンの星を打ってくれた紙、小さな球のように眠っているルリビタキを見ているとどうしても資紀を嫌いきれない。何か自分の中に非があるに違いないと探し続けるが、どうしても思い当たるものがない。

じっとしていると部屋の空気が不快な濃度で濁ってゆくような気がしてたまらなかった。古い木のにおい、染みついた古い煙草のにおい。特攻にも行けず、このまま部屋の中で腐ってしまいそうな気がして振り払いたくなるほど気分が悪かった。我慢で濁ってゆくのは部屋ではなくて、希の心だと気づいた。逃げ場がないのが苦しかった。

ぼんやりとしたまま日中をすごし、夕方を迎えてしまった。まだ昼飯で腹が重く、胃も痛い。林を捜し、どうしても今日の夕餉だけは食べられそうにないと告げると、希の心中を察してか、林は簡単に許してくれた。

どれほど考えても答えはない。ぐるぐると同じところを歩き回るような思考を止めたくて、希はぎゅっと目を閉じた。

眠ったほうがいいだろう。考え続けても気持ちが沈んでゆくばかりだ。

部屋はとっくに暗くなっていた。台を片付け、布団を敷くために箱の燐寸でランプに灯りを入れたときだった。

垣根の向こうから砂利を踏む速い足音が聞こえた。

こんな時間に誰だろうと思っていると、裏の門が開く音がする。気配は庭を横切ってくる。隠れようと、希が腰を浮かせたときだ。

「おい、希ちゃん！」

庭で声がする。聞き覚えのある声だ。

希は急いで障子と、縁側のガラス戸を開けた。

「希ちゃん」

「新多坊ちゃん」

すっかり暗くなっているのにランタンも提げずにやってきたのは、軍服姿の新多だ。息が白い。希は慌てて縁に出て、膝をついて新多を出迎えた。

なにごとだろうか。基地に何かあったのだろうかと心配する希の腕を、新多はおもむろに摑んだ。

「急いでる」

「わかりました。坊ちゃんをお呼びします」

心得たと、頷き返す希に新多は言った。

「おまえに用事だ」

「自分にですか？」

「ああ。俺は今から広島(ひろしま)に行く」

「こんな時間に……？」

もう汽車は動いていないはずだ。

「ああ、門司(もじ)まで車で行くんだ。いろいろ急でな。基地での挨拶は済ませてきたが」

本当に慌ただしそうに新多は言って、希を摑んだ手に力を込め、希の目を見つめた。

「よろしく頼む。あとは任せろ」

「新多坊ちゃん」

「絶対に無駄にはしない」

「……わざわざそれを言いに？」

資紀の身代わりを引き受け、特攻として飛ぶ自分に誓いに来てくれたのだ。

「大事なことだ」

嚙みしめるように新多は言った。

さっきまで濁って辛いばかりだった心に、すっと光が差すようだった。

そうだ。自分が飛べば資紀が生きられる。新多と資紀。自分がいない未来を任せられる心強い人たちがいる。

自分が望んだことだった。資紀に頼まれたからでもない、成重のためでもない。希が憧れて願ったことだ。報いなどこれっぽっちもなくていい。

希は、微笑んで新多に頷き返した。

「資紀坊ちゃんをお願いします」

みんなが資紀を怖がり、母親は疎遠だ。自分がいなくなったら資紀を理解しようとしてくれるのは新多だけのような気がした。

「わかってる。無様な死に方をしたら、あいつの首根っこを摑んで、おまえのところに連れていくからな」

希が資紀を慕っているのを知っていて新多はしっかりと頷いてくれた。そしてふと、

「——ああ、おまえは神さまになるんだっけな」

表情に苦さを湛えて新多は言った。

特攻で死んだ人間は、東京の大きな神社で神として祀られることが約束されている。死んで日本を守る神になるのだと、軍部からの通達が来ていた。厳かな神社だそうだ。未来永劫手厚く祀られるのだそうだ。

だが希の唇から零れたのは違う言葉だった。

「いいえ、ルリビタキになりたいです」

「ルリビタキ?」

「小さい星でもいいです」

神として暗い神社の奥に祀られるより、資紀が好む、資紀を見つめられるものになって、ときどきでいい、資紀を見たかった。もしもそれが叶うなら生麦を食べさせられてもいい。

新多は、希の望みを問い返すことなく、軍人に見えないくらい伸びてしまった希の少しだけ癖のある髪を撫でて頷いた。

希は新多に頭を下げた。

「わざわざありがとうございました。新多坊ちゃん」

「一度くらい座敷を持ってやりたかったが。本当に時間がないんだ。すまないな」

「いいえ、こうして来てくださっただけで、勿体(もったい)ないです」

いくら資紀の身代わりとはいえ、慌ただしい出立前に、新多のような身分の高い男が夜に忍んで会いに来てくれたのだ。何より強く励まされた。

「ご武運とご健康をお祈りしています。先に逝きます。あとをお願いします」

「わかった」

新多は頷いて腕時計を見た。もう行ってくださいと言おうとした希は、ひとつだけ気がかりだったことを新多に尋ねた。

「あの、正月に何かあったんでしょうか」

資紀の態度がおかしくなったのは、東京から帰ってきてからだ。年末、一番最後に揃えた本は全部受け取ってくれた。

東京で何かあったのかもしれない。そうは思っても資紀に訊けるはずがなかった。同行したはずの新多なら知っているかもしれない。

「どうして?」

少し酷薄にも見える怪訝な顔で新多は問い返した。いつものおおらかさが消えた、希の本心を窺うような乾いた表情だ。

「いえ……、何となく、そんな感じがしたので」

海軍上層部の秘密を知りたがっていると思われたら困ると、希は言葉を濁した。

資紀の機嫌が悪い理由など、忙しい新多を引き止めてまで相談することではない。告げ口のように聞こえても嫌だった。

新多は、ううん?　と首を傾げて思い出す仕草をした。

「正月?　東京か。別に普通だったよ。いい話もなかったけどね」

肩を竦めて新多は答えた。つくったように明るく見える口調だったが、希にはそれ以上問うことはできない。

真面目な表情に戻った新多は、希を見つめて、しっかりとした小さな声で言った。

「必中を祈っている」

「はい」

広島へ行く新多とは、これが今生の別れになるだろう。

新多がきびすを返す。希は立ち上がり深々と頭を下げて見送った。

「お世話になりました。——さようなら、衛藤新多大尉」


何かの八つ当たりなのだとはっきりわかったのは、新多が広島に行って数日経ったあとだ。

「何回間違えば気が済むんだ」

揃えた本の山を押し崩され、不機嫌に言われて、希は唇を噛んで俯いた。

資紀は、希のすることすべてに難癖をつけるようになった。立つ場所、視線、些細なことで資紀の激昂を買う。ずっと自分の中に原因を探していた希だが、あきらかに希のせいではないことばかりだ。自分の中で、嘘でも彼を庇えなくなった。

「……申し訳ありません」

言いがかりなのは希にももうわかった。理由を訊いても「間違えたくせに理由を俺に正すのか」と叩かれる。髪を掴まれることもたびたびだった。

とうとう希は、本の仕事を辞めさせてくれと資紀に申し出た。我慢ならする。でももう意味がないことだ。すると「基地にも行かず、成重の家で養われているのに、書生のまねごともできないとはどういうことだ」と怒鳴られた。

今、資紀に逆らえる者はこの屋敷にはいない。

徳紀は東京だから家の名代は資紀だ。母親は相変わらず知らぬ存ぜぬの別世界の住人で、それでなくとも今、軍人を――海軍大尉である資紀を誰も咎められない。希には資紀の気が済むまで謝罪することしか許されていなかった。

「揃え直せ。今すぐだ」

「それは……」

言うとおりにしたくとも、正解は資紀の目の前に積み上げている。そう言うこともできないし、抜き出してあるのだから新しく棚から揃え直すこともできない。

「俺を侮辱するつもりか」

「いえ」

「では何故できない！」

怒鳴られて答えに窮するのを、反抗と取られたのか、資紀は怒りの表情を露わに希の腕を掴み、手を振り上げた。反射的にぎゅっと目を閉じた希が、身を竦めたときだ。

「おやめください、坊ちゃん！」

悲鳴のような声を上げて光子が書庫に飛び込んできた。

「光子さん！」

諌めるために仕方なくといった風情で林も寄ってくる。

「希さんを叩かないでください！」

「光子さん」

間に割って入ろうとする光子を、とっさに片手で横に押しやった。

資紀の怒鳴り声を聞きつけてやってきたのだろう。裏方の光子が資紀を諌めるなど考えられないことだ。だが光子は激しくかぶりを振り、希を背にして退こうとしない。

「どけ」

資紀が希から手を離し、唸りながら命じた。光子は真っ向から資紀を見た。

「嫌です」

「退いてください、光子さん！　俺が悪いんです」

「私が退いたら、坊ちゃんは希さんをぶたれるのでしょう？　もう我慢がなりません。おやめください」

「いいから光子さん！」

資紀は女性を叩かないと信じているが、今の資紀ではわからない。

「どけと言っているんだ！」

「これ以上希さんに酷いことをなさるなら、旦那さんに知らせていただくよう、奥さんにお願

いします！」

「光子さんっ！」

振り上げられた手から光子を庇い、後ろに押しやりながら林に目で合図をする。

「あ！」

襟を掴まれ、壁に押しつけられる希を見て、光子が悲鳴を上げる。

「希さん！」

「ぐ……！」

襟を握った拳で喉を強く押さえこまれる。喉笛が潰れそうな苦しさに呻き声を上げた。

ぐうっと喉が鳴る。首から上の血がせき止められたようにほんの数秒で頭が苦しくなった。

資紀は苦々しそうに細めた目で希を睨んでから、襟を横に激しく振り払った。希は大きくよろめき、本棚の角に縋って吹き飛ばされるのを辛うじて耐えた。本棚が揺れて、頭の上から本がどさどさと落ちてくる。それを肩のあたりで受けながら希は咳き込んだ。

蹴られるのを覚悟してそのまま畳にうずくまる。蹴りつけられることはなかったが、資紀は癇癪を起こしたように、本を掴んで希の側に激しく投げつけた。俯せに開いた本が畳を滑る。

資紀は残りの本を筆箱ごと机から払い落とし、乱暴に部屋を出ていった。

うずくまったまま、希は咳をする。資紀が遠ざかるのを待って、林と光子が側に寄ってきた。

「希さん……」

顔を上げると心配そうに光子が希を見る。林が手ぬぐいを取り出して、咳をしている希に差し出した。

「頬に血が出とる」

言われて頬に手ぬぐいを押し当ててみると、掠(かす)れた赤い筋が手ぬぐいについた。

林は資紀が出ていった方向を見て眉を顰(ひそ)めた。

「目を怪我したらどうするつもりなんかね、あの人は」

「大丈夫です。うまく避(よ)けます」

大怪我を負うほどのろまではない。怪我をしても、特攻の順番が入れ替わるくらいだし、どうせ死ぬのだ、多少の傷には目をつぶるだろう。

「坊ちゃんのお気持ちも少し、わかります」

まだつかえた感じのある喉で、希は言葉を絞り出した。

一億玉砕が叫ばれ、本土決戦に備えよと普通の家々にまで喧伝(けんでん)されている。それをさせてはならぬと、軍人たちは命を盾に、前線を南に押し返そうとし、魂を矢にして特攻機に乗る。

真面目な資紀は、自分が国の盾となることが許されないのが悔しいのだ。将校の父を持ち、兵学校で精鋭中の精鋭として育った誇り高い資紀には、希の想像以上に耐えがたい屈辱なのかもしれない。

希だって軍人だ。もしも故国の窮乏を指を咥(くわ)えて見ているしかないとしたら、歯がゆい気持ちになるだろう。

「あんた。ホントに人がいいなあ。学者さんの子っちゃあ、みんなそんなにおっとりしとるんかえ」

苦々しく呆れた声で林が言った。希は強がるように笑って見せた。

「いいえ。俺の兄貴は『ラバウルの十連星』琴平です」

恒の戦闘機の横っ腹には、撃墜数を示す星マークが数えきれないほど並んでいるという。

昨日もらった新聞の片隅に、そんな渾名をつけられた恒のブロマイドが東京で発売されたと書いてあった。


林が本を片付けるのを手伝ってくれた。泣いている光子を宥め、自分の部屋に戻る。林には、光子のことをくれぐれも頼んだ。彼女がクビにならないよう、どうか助けてやってくれと言った。

嘆く気力は湧かず、ただ漠然と淋しい気持ちばかりが胸にある。

籠の中のルリビタキをぼんやり眺めていたら、夕食の膳を取りにいかなければならない時刻になっているのに気づいた。

立ち上がったとき、左の頬がひりっと痛んで何となく手をやった。さっき本で掠った傷に、いつの間にか流していた涙が触れたようだ。手の甲で頬を拭い、台所に向かうとちょうど光子が膳を持って、廊下をこちらに歩いてくるところだった。

「すみません、遅くなりました」

できるだけ普通に見える笑みを浮かべて見せたつもりだったが、光子は沈鬱な顔で希を見た。彼女の瞼(まぶた)もまだ赤い。

「大丈夫ですか？　希さん」

「はい。ご迷惑をおかけしました。でももうあんなことはしないでください。光子さんまで叱られてしまいます」

林からもあのあときっと叱られただろう。資紀の怒りの対象は希だけだ。自分が我慢をしていればすむ。光子がわざわざ巻き込まれることはない。

「だって、我慢できなかったんです」

光子は眉を歪め、悲しそうに目を伏せた。

「希さんには信じられないかもしれないけれど、坊ちゃんは、あんな方じゃなかったのよ？気むずかしいけど誰にでも優しい方だったの」

それは希も知っている。初めて会った日も、ルリビタキを助けた日も、書庫で夜空を眺めた日も、静かに光る清冽(せいれつ)さを湛えた、思いやりのある心の持ち主のように思えた。自分の中の苛立(いらだ)ちを他人にぶつけるような人ではなかったと思う。

光子は堪えていたように小さな声で零した。

「坊ちゃんは、希さんのお陰で特攻に行かずに済むのに」

「光子さん」

そんなこと誰にも聞かれてはならないと、希は小声で諫めて首を振った。光子や、希の母たちのような銃後の人の考えと軍人の考えは違う。希には両方理解できるが、ここでは決して口にしてはいけないことだ。

光子は腑に落ちない表情で頷いた。希は微笑んで頷き返す。光子の気持ちは嬉しいが、もうすぐ死んでしまう男のために、光子の立場を悪くするようなことを言ってはいけない。

「遅くなってすみませんでした。なるべく早く返しに行きますね」

もう一度謝りなおして、希は膳を受け取った。

箸の隣に、婦人服の襟のような桃色の花が一輪添えられているのに気づいた。

「きれいですね」

「姫金魚草（ひめきんぎょそう）というの」

「そう。ありがとう。食べられるんですか？」

元気づけようとしてくれたのだろうか。それとも野菜の代わりだろうかと思って尋ねると、光子は顔を歪めて希を見た。丸い形の目を伏せ、赤い唇をきゅっと締める。

何か言おうとしたが、光子はそのまきびすを返して行ってしまった。

せっかく慰めてくれようとしたのに「食べものか」などと無粋なことを訊いてしまって悪かったなと、反省しながら希は膳を持って部屋に戻った。

灯りもつけずに膳の前に座ると、自然にため息が漏れる。箸を取るのに決心がいる。温かい白飯に、鯖(さば)の味噌煮(みそに)と磨り潰した蟹(かに)と青菜のすまし汁。せっかくの食事だが、口に詰め込むのは苦痛だった。前線で苦労している将兵のことを思えば許されない甘えだ。

コップを花に譲ってやりたいが、水で流し込まなければ何も喉を通らない。

食べなければ、と希は震える手で茶碗(ちゃわん)を取った。航空機の操縦には体力がいる。特攻に行くために健康を損なうわけにはいかなかった。

——敵艦に当たりさえすればいいのだろう——？

最近希は投げやりに考えることがある。忠君の志も、愛国の情ももう身体の中から探し出せない。資紀への気持ちもだんだん見失う気がする。希の心がどうであれ、ただ成重の名前を胸に縫いつけて特攻機に乗り、敵艦に体当たりができれば自分の用は済むのだ。

そう思うと頼りないような虚(むな)しいような、急に今までの人生が何だったかわからなくなってくるような、やりきれない衝動に襲われる。そのたび胸元をかきむしって悲鳴を上げたくなるのを希は必死で耐えた。

資紀に嫌われたまま、あとどれくらいここで生きていればいいのだろう。

理由を見失う前に、早く特攻の命令が下らないかと、そればかり考えるようになっていた。

もう資紀に会いたくない。

今ならまだ迷いなく資紀のために飛べるのに、これ以上資紀を慕う気持ちが消耗したら、それすらなくなりそうで怖い。

我慢も、資紀の矜持を察することも限界に近かった。この辛さから逃れるためには早く出撃するしかないと考えはじめることも、希を虚しくした。

食事をようやく腹に収め、この花は光子がどこかに活けてくれたらいいなと思いながら膳に載せたまま持っていった。台所に返すとき、光子にありがとうと言ったが、光子は何の返事もしてくれなかった。

希の部屋には、読み古された新聞が一週間ほど遅れて回ってくる。希は卓袱台から新聞を拾い上げ、何度も眺めた一面をもう一度見た。

フィリッピン沖とウルシーで特攻が出撃したと書いてあった。戦果は絶大で、零戦数機で敵方戦艦を撃沈したということだ。戦艦同士で砲弾を撃ち合う以上の戦果だった。

祈る気持ちで希は命令を待っている。

風はどうだろう。雲はどうだろう。地図と星座は頭に入っているけれど、うまく敵艦の位置を見つけられなかったらどうしよう。

不安になって部屋の窓から外を見ると、セロファンの間からオリオンの三連星が見えた。

もしも仲間からはぐれ、行く先を見失ったら、オリオンからシリウスを目指して飛ぼうと希は思っていた。

基地の滑走路から戦闘機が飛び立ち、夕暮れどきには軍人が町に溢れ、家族が出征する。食糧が乏しくなり、窓にセロファンを貼り、電球に笠を垂らして息を潜め、贅沢を堪える。新聞は活劇のチラシのように日本軍の大進撃を叫び、軍人勅諭を高らかに唱え、落下傘を縫う。だが、誰もまだ戦争を見たことがない。それが九州北部の実情だった。もしもある日、偉い軍人がやってきて、「戦争をしているというのは実は嘘だった」と言われれば納得してしまいそうに大分の空はのどかだ。

三月十八日未明、大分に初空襲があった。グラマン他三十機の艦上戦闘機が来襲し、機銃を空から撃ち込んでいった。続いて散発的に戦闘機からの空襲を受けた。成重家は無事だったが、基地周辺は酷いことになっているそうだ。基地や、駐機中の航空機にも被弾し、資紀をはじめ成重にいる軍人たちは、昼夜を問わず態勢の立て直しに奔走している。自分もと申し出たが「今度こそ特攻は出るだろう」と部屋の奥に押し込められた。

——あんたが御本のお世話をやめるんを、坊ちゃん、わかったたっち言いよったわ。

今朝になって、拍子抜けしたような顔で、林が希に教えてくれた。

——前はあんなお人じゃなかったんに、軍隊のせいかねぇ、戦争のせいかねぇ。

毎日資紀に腹を立てさせ、資紀が欲しい本を揃（そろ）えられない。林にも、希に対する資紀の難癖と暴力は哀れに見えたようで、策を講じてくれたらしい。

成重家は、空襲で穴が空いた滑走路などの補修工事に駆り出されて人手が足りなくなっている。林は『希さんには他にしてほしい力仕事があるから、書生が必要ならば、御用商人の子息の中から気の利いた子どもを探してきます』と申し出てみたという。すると資紀はあっさりと頷（うなず）き、新しい書生もいらないと言ったそうだった。空襲以降、本どころではないし、資紀はもともと希が邪魔なだけだったのだろう。

希は相変わらず書庫に通っていた。資紀のために本を揃える仕事はなくなったのだが、昼間、本の整理だけは続けている。

なんとか本の分類にも目処（めど）がつき、整理のためにあちこちに挟んでおいた付箋紙を抜いた。完全ではないが、このくらい纏（まと）まっていれば資紀一人でもあまり苦労せずに本を探し出せる。

手の中に本棚から抜いた付箋紙を握り、覚え書きにしていた手書きの目録の紙を本棚の横板から剝がす。

肩の荷を下ろした気分になりながら書庫の中を見渡した。床に本は積まれておらず、だいぶんすっきりした感じがする。もうここには来ないだろう。

書庫から出ようとしたとき、襖（ふすま）の向こうから林の声が聞こえてきた。

「坊ちゃん。新多（あらた）坊ちゃんから電報が届いています」

何か急なことが起こったのだろうかと心配になったが、「新多坊ちゃんは相変わらずですなあ」と林が笑っているところをみると、何か愉快なことが記されていたのだろう。洒落者らしい新多のことだ。新しく着任した基地のことでも、おもしろおかしく知らせてきたのかもしれない。資紀たちはわりと気軽に電報を使う。空襲のときも広島の新多から、成重を心配する電報が届いたと聞いた。

希は静かに書庫を出て、廊下を伝い部屋に戻った。

昨夜、資紀に抱かれた身体には、まだ鈍い疼痛が残っていた。頭痛もあり、身体が重い。初めて抱かれた日から、下腹の微熱が去ることは一度もなかった。

簞笥の上に置いた籠の中で、ルリビタキが片方の羽をぐぐぐ、と伸ばしている。いかにも気持ちよさそうだ。ばさばさと羽ばたこうとする日もある。もう怪我はほとんどいいようだった。

屋敷に来てから五ヶ月。回復できるほどの時間は経った。

「最後に一度、坊ちゃんのお目にかけてから放そうな」

機嫌がよさそうなときに見てもらって、あわよくば鳴き声のひとつでも聞かせてくれると希の面目も立つ。今の資紀の機嫌ではそれもなかなか難しそうだったから、何かのついでに放していいかと一言訊いて、それで終わりがいいかもしれない。

「おまえのほうが先に飛ぶことになったたな」

ルリビタキの怪我はすっかり治り、虫や果物をマメに与えるせいか、摘まめば割れそうに幼かった身体がしっかりしてきた。つっかえつっかえ鳴いていたぎこちない唄声も、ここ最近は聞き惚れるくらいだ。

本当にこの基地から特攻は出るのだろうか。空襲の仇を討つという声もあり、あの滑走路では飛べないという声も聞く。あるいはもしかして自分が知らない間に戦況が好転し、特攻機を出さなくても戦えるくらい艦隊や燃料状況が回復しているのではないか。

もしもそうなら戦争が終わるまでずっとここに閉じ込められたままではないのかという不安が湧き上がるが、希はそれを振り払った。特攻はきっと飛ぶ。新多が激励を言い残したのが証拠だ。

希は箪笥の前から立ち上がって、縁側に向かった。

ガラス戸を開けるとひやりとした風が、庭から吹き込んだ。

鳥曇りの空、垣根の上に見える桜が綻んでいる。庭のまたその塀の向こう、遠く、緑にそよぐ絨毯は麦の若芽だ。

考えまい、と希は思った。

特攻の命令は必ず下る。それまでここにいるのが自分の仕事だ。

部屋の入り口に人の気配があるのに、希ははっと振り返った。資紀だった。

「今、いいか」

書庫で会わなくなってから、資紀が希を抱くときは、だいたいそう言って訪ねてくる。資紀が人払いをしている間は、離れの入り口より奥に人は来ない。

身体が自然に怯えた。まだ身体が痛いと言いたかった。ずいぶん慣れたけれど、一昨日の熱がまだ熾火のように残っている身体を、資紀の凶暴な雄で割り開かれるのは辛い。本の役目からは解放されても、資紀が自分を抱く間隔が空くことはなかった。

あと一時間ほどで夕飯の支度が始まり、離れやここにも人がやってくる。資紀の性交はさっぱりしているから、人が来る時間を忘れて夢中になるような心配はなかったが、身体が辛いと念を押しておきたかった。

胸元近くに引き寄せられて反射的に身体が竦む。

思わず本音が零れて、しまったと思う暇もなかった。

「あまり、長くは……」

「申し訳ありません……！」

眉を歪めた資紀に、急いで希は謝った。資紀のやりかたに口出しをしたつもりはない。ただ、ほんの少し手加減をしてほしいと思った気持ちがつい声になってしまった。

乱暴に手首を摑まれ、部屋の奥に連れ込まれる。自分の頼みを裏切るようにいつもより手荒にされるかもしれない。

何も言わなければよかった。後悔しながら身体を竦ませた希は、不意に手を離されて顔を上げる。

資紀は、箪笥の上を見ていた。

ちち。と、ルリビタキが鳴く。資紀は目の前にいる希を横に押し退け、箪笥のほうに踏み出した。

「それは駄目です！　駄目です、坊ちゃんっ！」

癇癪に任せて、本のようにルリビタキの籠を払われたら死んでしまう。

希はルリビタキの籠を背にして庇った。叩かれるのを覚悟で資紀を押し返す。資紀は希を睨みつけてから、隣に置かれていたものに目を留めた。

あっと、思う暇もなかった。資紀は織った布の上に飾っていたトンボ玉を掴み、開けっ放しの庭に向かって投げつけた。

ぱしん、と音がした。

見開いた目に、白い飛沫のように飛び散るガラス玉が見えた。

「――……」

腕を摑まれ、畳に乱暴に押し倒される。

無言のまま雑に身体を開かれた。中に押し入られても他人事のようにしか感じられなかった。

長いのか短いのかもわからない苦痛の時間が過ぎ、部屋から資紀が去っていく。

心と身体が繫がらない。

夕飯までには起き上がって身体を清めて、服を整えなければと思うが、いくら動けと念じても指先ひとつ動かせず、希は畳の上に倒れたままだった。

資紀の怒りの気配を感じ取ったのか、夕暮れが迫ったというのに、ルリビタキは鳴きやまず、止まり木の上をうろうろとしている。

大丈夫なのだと囁いて、布をかけてやろうと思った。そう思うと身体はじりじりと動いて、畳に肘をつき、ようやく上半身を起こせた。

肩で息をしながら顔を上げると、畳の上に何か落ちているのが目に入った。よれた紙切れだ。希のものではない。資紀が落としたのだろう。

紙に手を伸ばす。一度丸められたあとに開いて乱雑に二つ折りにされた紙だった。開いてみると鉛筆書きの文字がある。電報だ。

『ナリシゲ　モトノリ殿

ハル　ニ　チリユク　オボロ　ノ　ハナ　ノ

カヲリ　ヲシムカ　ツキ　ガ　ナク

エトウ　アラタ』

聞き覚えのある節は、映画に使われた流行歌の一節だった。恋の刹那のようにも、将兵の儚さのようにも思える歌詞は、新多らしく、いかにも風流にも憐れにも見えたが、今の希に何かの感慨を思い起こさせるものにはならない。

トンボ玉は、割れてしまったのだろうな。

駆け寄って確かめるまでもなかった。水滴を投げつけたように、一瞬の飛沫を上げて飛び散るのが見えた。転がる音さえ聞こえなかった。

資紀が投げ捨てたのは、希の心だったのかもしれない。

「……春に、散りゆく……朧の花の、……香り惜しむか……」

虚ろな灰色をした夕暮れの部屋で、新多が書きつけてきた歌を、音にならない掠れた声で希は歌った。

資紀のことをまだ好きだと思う。特攻にゆく決心も変わらない。

いつの間にか、自分に言い聞かせていることに希は気づいた。そうでもしないと自分の一生のすべてを後悔してしまいそうだ。

急に涙が溢れて、希は握った両手を目許に押しつける。

ただ、早くと願うばかりだった。資紀への気持ちが揺らぐ前に、資紀のために死ぬことを後悔し始めるまえに早く、と——。

早々に布団を敷き、眠ろうとしてみたが、こんなに心も身体も疲れているというのに一向に意識が途切れる気配がない。何度も寝返りを打った挙げ句、我慢しかねて希はとうとう目を開けた。

息苦しい気がして布団から出る。空気を入れたくて希は障子を開けた。

音を殺して縁側のガラス戸も開ける。

四月になったばかりの夜風がひやりと頬に触れて、希は夜に目を細めた。

庭に降りて、トンボ玉が砕けたあたりに向かった。

確かこのあたりだった、と、記憶にはっきり焼きついている小さな飛沫が上がった石に近寄る。

思った通り、飛び石の上に、砕けたガラスの跡を見つけた。当たった場所を起点に、ガラスの粉が白く、放射線状に飛び散っている。

欠片(かけら)を拾うことも許されないくらい粉々だ。瑠璃色(るりいろ)のなごりはなく、砂のような破片は月光色にきらきらと光っていた。

悲しいという感情にまでまだ届かない。胸に空いた穴にどんな気持ちを詰めればいいかわからないまま希は立ち尽くした。

こんなものを眺めにきても、トンボ玉が返ってくるわけではない。それにもともと資紀に貰(もら)ったものだ。返せと言える立場でもない。

——でも思い出は自分のものだった——。

厚かましいと思いながら、そんな考えを我慢できずにいると、ようやく悲しさとも恨みともつかない感情が、じわじわと湧き上がってきた。

自分を資紀につなぎ止める太い綱が一本切れてしまったようだ。たかがガラス玉ひとつ壊れたくらいで、と自分を笑おうとするが、思った以上に大きな打撃だったらしい。心が渇いて涙も出ないほどだ。

もう眠ろう。拾いようがないくらい砕けてしまったのを見て、子どものようにただ悲しがる感情も諦めがついただろう。寄せ集める気力も起こらず、部屋の中に戻ろうとしたときだった。

書庫の縁側に、資紀が座っているのに気づいた。

灯(あか)りもつけずに星を見ている。

さすがの希も、今夜だけは資紀にお愛想を言える気分ではなかった。資紀が希の気配に気づいて、視線を移す。希は曖昧に頭を下げてそのまま自分の部屋の縁側に向かった。

資紀から顔を逸(そ)らしたまま、下駄を脱ごうとしたときだった。

「――ルリビタキは鳴くか」

資紀の声が聞こえた。

「……はい」

答えて希は動けなくなった。

迷ったが、資紀にルリビタキのことを相談する機会は多分これが最後だ。

希は背中に力を込めて顔を上げた。

「怪我が治ったようなので、数日中にも空に放そうと思います」

「そうか」

資紀はゆっくりと縁を降りた。白い開襟シャツに黒いズボンを穿（は）いている。砂浜で出会ったときの資紀がそのまま大きくなったような姿だった。

垣根のほうに歩いてくる資紀を、知らん顔をして部屋に上がるわけにはいかない。希は困ったが、仕方なく資紀に歩み寄った。

「身体はどうだ」

自分であんな乱暴を働いておいて、どういうつもりなのだろう。何でそんなことを訊くのだろうと不安になる。また言いがかりをつけられるのだろうか。

「大丈夫です」

と答えるしか希にはない。

「そうか」

十三年前のように、素直に頷く資紀を見て、希は不意に涙が込みあげた。

見守るような肯定だ。ずっとそれが欲しかった。

初めて会った日から、あんなふうにもう一度、資紀に頷かれたくて、必死で本を揃え、尽くしたつもりでいたのに一度もそれを貰えなかった。

「どうした」

溢れそうになる涙を落とさないよう堪えている希の頬に、資紀が指を伸ばした。ひやりと冷たい指だ。ずいぶん長く縁側にいたらしい。

「坊ちゃん……」

希は驚いて資紀を見た。資紀の鼻の頭が少し赤い。白い吐息は一目でわかるくらい希のほうが濃かった。

トンボ玉を希が拾いに来ると信じて、ずっと待っていたのだろうか。

わからない、と、問いただしたくなる衝動を希は必死で呑み込んだ。なぜ自分に辛く当たるのか、なぜ今、自分に優しいのか。資紀のこの優しさをどう捉えればいいのかわからない。つらいだけなら我慢ができる。優しくされて緩めた心に鞭を振り下ろされたら、深く裂けてしまう。酷いことをされると覚悟をして身を硬くすれば、資紀の優しい気持ちを貰いそこねてしまいそうで不安だった。

なにより希を痛めつけるのは、今も資紀がこんなに好きだという事実だ。シリウスの輝きは少しも褪せない。残酷なくらい白い冷たさがしんと輝いて、希を惹きつけてやまないのが救われない。

「明日、晴れたら」

資紀は、すすり泣く寸前の呼吸が喉から漏れるばかりの希に囁いた。

「庭先に、鳥籠を吊ってくれないか」

「……いいんですか?」

「籠を吊る竹は裏庭から切り出せばいいだろう。軒の下に」

直接軒に吊ると蛇が来る。軒に竹を吊って、それに鳥籠を吊り下げれば、書庫の縁からもよく見える。

「鉈は林に用意させておく。次の日に書庫に返してくれ」

「林さんにではないんですか？」

希が訊くと、資紀は微かに眉根を寄せて憮然とした声で言った。

「……なぜ来ない」

唐突に問われて希はとっさに答えに困る。

なぜも何も、資紀に話すこともないし、自分が書庫にゆけば資紀が機嫌を損ねるからだ。

資紀が小さく息をつく。心なしかホッとしたように見えた。そして微かに苦笑いをする。

意外というより驚いた。

心配していたのだろうか。それとも、希が行かないことを不安に思っていたのだろうか？

不思議だった。出会った浜辺のときのように気負わない資紀が隣にいる。頬をふっと撫でてゆく春の夜風まで、あの日と同じもののような気がした。

資紀が空を見た。希も追って夜空を見上げた。

巴旦杏の形をした月が浮かんでいる。枇杷色をした暗めの月で、まわりの星が際だって見える。ガスのない星日和だった。

資紀が少しぼんやりした口調で問う。

「月は日中も見えるのに、星が見えないのはなぜなんだろうな」

子どものような資紀の問いに希は答えた。お家芸だ。

「空が、星よりも明るいからです」

一番明るいシリウスさえ、月の輝きより暗い。昼間も星は空にあるのだが、広々とした空の明るさに、星のあえかな輝きは掻き消されてしまう。

「星を描いてくださった、あのインクと同じです。ちゃんとあるんです。見えないだけで」

確かにあるのだ。

資紀の優しさのように。


久しぶりによく眠った気がする。

ちょっと資紀が優しくしてくれただけで、ごはんもおいしく感じられるのだから現金だと一人で苦笑いをしながら、希が朝、膳を返しにいくと、思った通り林もちょうど膳を返しに来たところだった。偶然を装い、挨拶を交わすついでに、資紀から預かり物はないかとさりげなく聞いてみた。

「坊ちゃんから？　何も聞いてないわ。何を？」

「あ、いえ。それか、坊ちゃんから仕事の言いつけを聞いていませんか？」

「さあ、別に？　坊ちゃんはもう出ていきなさったが」

家の用事ならともかく、ルリビタキのための鉈だ。不用意に話さないほうがいいかもしれない。希は「そうですか」と曖昧に笑って部屋に戻った。

部屋に帰って林の訪れを待つが、やはり一向に、希の部屋を誰かが訪ねる気配はない。気が変わったのだろうか。朝、慌ただしかったのだろうか。そう思いながら昼まで待ったが林はとうとう来なかった。

これ以上時間が下がったら、資紀が帰宅するまでに竹を切り出せない。

希はふと思いついて書庫に行ってみた。思ったとおり机の上に鉈が置いてある。ここに鉈を置くのは資紀しかいない。朝、林に伝言する暇がなかったのだろう。

さっそく井戸の横で丁寧に鉈を研いでから、そっと裏門を出た。裏庭は孟宗竹より細い淡竹の林で、軒下に吊るすのにちょうどいい竹がたくさん生えていた。夏は屋敷に影を差しかけそうな小振りの竹林だ。できるだけ青い、まっすぐな竹を一本切り出して、細枝を払った。

鉈をよく洗い、波紋の立った厚い刃に椿油を丹念に塗って桜皮の鞘に収める。急がなければ資紀が帰ってくる時間になってしまう。

軒下の端と端に縄を二ヶ所吊り、間に、切ってきた竹を括りつける。外していた鳥籠の赤い飾り紐を結び直し、緩んでいた吊り輪をつけ替え、S字鐶をとおした。

「――ご立派」

腰に手を当て、希は吊り下げた鳥籠を見上げて、満足して笑った。金糸雀（カナリア）が入っていそうな豪奢（ごうしゃ）な鳥籠に、小柄なルリビタキが収まっている。思ったほど見劣りはせず、青空に瑠璃色の背中がなお青々と映えて、なかなかに見栄えがする。これで資紀の前で唄ってくれたら万々歳だ。

ルリビタキがしきりに羽を伸ばし、羽ばたく準備をしている。ルリビタキは春になると北へ移動する鳥だ。もしかしたら仲間たちと一緒に帰れるかもしれない。

「坊ちゃんに見ていただいたら、おまえを放そうな」

明日の朝早く。航空機が飛ぶ前の一番きれいな空に。

昼下がりの空は青く、明日も晴れるに違いなかった。桜は今、五分咲きだと光子が言っていた。

夜が明けたら、ひと息に北へ渡れるくらい、とびきり栄養のある餌を練って虫を与えよう。希が飛行機に乗れば、どこかで擦れ違うかもしれないが、ルリビタキは北で戦局は南だ。

「空が騒がしいから、撃ち落とされるなよ？」

機影と言うにも小さすぎるルリビタキを眺め、希は笑った。

香取（かとり）基地から硫黄島（いおうとう）へ、鹿屋（かのや）基地からウルシー環礁へ、続けざまに特攻が出撃している。最近聞いた特攻隊の戦果は、撃沈が空母五隻、戦艦二隻、巡洋艦三隻他ということだ。希はできれば空母に当たりたいと思っていた。

空に掲げたせいか、ルリビタキは早く放してというようによく鳴いて、資紀が帰ってくるまでに声を嗄らすのではないかとはらはらした。

希は庭に降りた。ルリビタキの声を聞きながら、縁の下にあった片手箒で飛び散ったガラスの粉を塵とりの中に掃き集め、紫陽花の木の根元に置いた。きれいな瑠璃色の玉だった。ガラスの粉を吸い上げて、鮮やかな青い花が咲けばいい。

そのあと部屋で、張り切って鳴くルリビタキに苦笑いをしながら航空航法の本を読んだ。不思議なくらいするすると頭に入って、南方どころか、燃料さえ持てば豪州の好きなところにまで矢を射るように正確に飛んでいけそうだ。

空の色が深くなる頃、離れに人の気配があった。さっそくと、腰を上げかけたところにルリビタキが鳴いた。知らせにいくまでもないと希は笑った。

しばらく待つと、こっちに渡ってくる足音があった。資紀だ。

「あれか」

彼は部屋に入ると、立ったまま縁側の鳥籠を見てそう言った。縁に出る資紀に「はい」と答えて後ろに続く。

「よく鳴きます」

「そうか」

籠を覗く資紀の目の前で、ルリビタキがちょこちょこ飛び回っている。

資紀がいるせいか、ルリビタキはうろうろと落ち着かない。早く鳴かないだろうかと焦るが待つしかなかった。

縁側に二人で立ち尽くしたまま、ルリビタキの声を待った。

止まり木を一往復、二往復。顔を上げてさあ鳴くかと思えば羽を震わせ、首を傾げる。気まぐれに粟をつつき、羽繕いをする。今でなくてもいいのにと思うことばかりをしていて、一向に鳴こうとしない。

何分くらい経っただろう。気まずさはとうに過ぎて、いたたまれなさで朦朧としてくる。

「『よく鳴く』？　一時間に一度くらいか」

「いえ。さっきまでは途切れずに鳴いていたんですが」

「疲れたのか」

「そうかもしれません」

嘘をついたようで決まり悪く思いながら、希は汗ばむ手を握りしめた。鳴いてくれ、と心の中で祈るが、棒でつついて鳴くものでもない。

資紀の顔が近すぎるのか、ルリビタキはやはりまったく鳴く気配がない。

希のこめかみに冷や汗が滲んでくる頃、資紀がぼそりと言った。

「……待とうか」

資紀は鳥籠から離れ、部屋に胡座をかいて座った。希は気まずい気持ちになりながら、部屋の奥に膝を落とす。

「すみません」

ルリビタキの代わりに言い訳をしてやりたいところだったが、資紀の落ち着いた様子に助けられた。

のんびりとした空気が部屋に流れていた。夕暮れ前の静かな庭の景色の中に、鳥が動くたび、微かにかたかたと止まり木が鳴る。

もし、戦争がなくて、資紀ともっと違う形で再会できていたら、こんな風に過ごせていただろうかと切なく思うくらい、何もなく穏やかな風景だ。

「お茶をいただいてきましょうか」

「いや、いい」

鳥籠を見上げて、ぼんやりと資紀が言う。

冷気を含みはじめた風が、空の高い場所から部屋に滑りこんでくる。どこからともなく、白い欠片が畳の上に入ってきた。

「……桜」

思わず希は呟いた。先端の割れた白い花びら。どこから飛んできたのだろう。

「もう四月か」

「はい。春になってしまいました」

苦笑いで希は答えた。四月も二日を過ぎてしまった。ここまで長く生き延びられるとは思っていなかった。

成重家に来たときは、明後日にも、来週にもという様子だったのに、未だ特攻の命令は下りない。

庭の隅に青い苧環が咲いている。乾いた庭に木漏れ日がチラチラと揺れ、花曇りの空をスズメの黒い影がよぎる。そういえば浜辺で資紀と出会った夜も、春だったと希は思い出した。

穏やかな静けさに身を任せようとしたとき、基地の方角から航空機が飛び立つ唸音が聞こえてきた。風が巻くような、ごうごうという音が大きく長く続き、遠ざかってゆく。

畳についた右の手首を掴まれて希が顔を上げると、すぐ近くに資紀の顔があった。

「——……」

静かに、だが譲らない力で資紀のほうに引き寄せられる。抑え込んだ酷い情熱があった。資紀の視線から目を伏せるだけで精一杯だ。

希は抵抗せずに、畳に斜めに崩れた。

睫毛が触れそうな間近で、資紀も目を伏せる。澄んだ黒い瞳に資紀の瞼が被せられる様子は、動く大理石のようで性懲りもなく希は見とれる。静かに唇を塞がれて希も瞼を閉じた。

「あ……」

唇を舐められ開かされる。逆らわずにいると、舌を吸われた。

舌のつけ根を擦られると首筋のうぶ毛が逆立つ。資紀の舌は震えがくるほどなめらかだった。

資紀の膝が痛まないように、希が手探りで座布団を引き寄せようとすると、「布団にしてくれ」と資紀が言った。

一度資紀の身体の下から放される。濡れた唇をさりげなく手の甲で拭いながら、希は黙ったまま押し入れから布団を出した。挟んでいた敷布の端を布団の下に折り込んでいると、待てないように引き倒された。

花びらのような冷たさをした、まさに白皙というに相応しい資紀の頬に右手で触れると、上から手を重ねて押しつけられた。こんなに不躾に触れていいものだろうかと戸惑っていると、希の首筋に資紀が顔を埋めてくる。

「坊ちゃん、あの……」

耳のつけ根をきつく吸われる。そんなにしたら跡がついてしまうと、焦る間もなく今度は首のつけ根に口づけられた。

「どう、なさったんですか」

シャツを開かれ、親指の腹で胸の粒を捏ねられて、希はとうとう困惑の声を上げた。跡などつけられたことがない。撫でられたこともあまりない。

今までの資紀の交合はいつも、射精という目的があって、いかに手際よく遂げるかに終始するものだった。

手癖のような愛撫が少し、怪我をさせないために油を塗り込める作業が少し。希が知る、資紀の前戯とはそんなものだ。

「坊ちゃん」

爪で扱かれて硬くなった胸の尖りを、潰すように捏ねられると、困った声が漏れた。そうする間にも、鎖骨にひとつ、反対の首筋にふたつ、赤い跡がつくときの、ちりっとした痛みが走る。

恥ずかしくはないが、戸惑った。深くなってゆく資紀の呼吸を聞いているだけで下腹が疼くのにも、これまでにない芽生えの予感を覚えて心もとなくなる。

「——あ……」

資紀の唇が戻ってきて、吸い合う唇のあいだで吐息が湿ってくるのに気づいたとき、希は急に欲情した。これまでも何となく高揚することはあったが、火がつく瞬間がわかるくらいはっきりと感じたのは初めてだ。

ズボン越し、資紀が硬いのがわかる。布を挟んで擦りつけ合っていると、のぼせるような快楽が身体中に広がった。

急に心と身体が熟れる感触がある。

「ふ——……」

理由を問う唇は塞がれ、愛撫に慣れない乳首を指で潰されて、怯えながら萌えはじめる快楽に身を任せた。

充血した舌を求めあう。唇の間で粘膜を絡める音を立てながら、互いの身体を撫であった。肋骨の窪みを辿るように指で撫でられ、ぞくぞくと肌をさざめかせながら希は目を閉じる。

ズボンを縛っていた紐を解かれ、みっともないくらい硬くなった性器を手に包まれる。優しく擦られると、熱く焼けた心臓が今にも爆ぜそうに鼓動した。

「や、あ……っ……！」

胸の色づき全部を口に含まれ、抉るように舐められて、希ははっきりと濡れた声を放った。性器を握った手を動かされ、言葉らしい言葉で問いただすこともできない。

ズボンを脱がされ、尻を揉まれる。資紀は油を隠している場所を知っていて、抽出の中から小さな銀の軟膏入れを取りだし、希の目の前で惜しげもなくほとんど全部を掬い出して、希の中に塗り込めた。

「あ。っ……！」

快楽を覚え始めた希に、指の愛撫は苦痛を与えない。

「坊ちゃん……。駄目です。だめ」

胸を舐められ、急激に実る性器を扱かれながら、中を苛められたらひとたまりもない。資紀より先に達することなどできないと、必死で我慢したがほとんど無駄だった。腰が浮き上がるのを止められない。開かされた膝がガクガクと震え、つま先が勝手に丸くなる。

「あっ……あ――――！　駄目……！」

資紀の手の中で粘る水音を立てながら、希は両手で顔を隠し、資紀の手と、自分の下腹にたっぷりと射精した。

資紀に快楽も与えず、一人で先に達してしまった。混乱に近い怖さで希が慌てて起き上がろうとすると、資紀はまた、希の身体に深々と指を挿した。

「坊ちゃん……っ……！」

どんどん指が甘くなるのがわかる。絶頂の収縮を残した粘膜が勝手にしゃぶりついて、身体が希のものではないようだった。資紀の指は長く、節のある指で入り口の輪を擦られると、ビリビリするくらいの快楽が走り、甘く痺れて全身に広がる。

脇腹を丹念に撫でられた。口を吸われながら何度も髪を掴まれる。くつろげた資紀の下腹には、資紀の剛直が跳ね出ていて、白い粘液にまみれた、やわらかい希の肉をいやらしい音で捏ねていた。

「希」

目を細めた資紀に囁かれ、泣きたくなった。

「希。――……希」

励ますように頬に口づけられ、手の甲のホクロに唇を押し当てられる。

おそるおそる資紀の頰に口づけた。応えるように深く口を吸われた。資紀の胸のボタンを外し、厚い胸元を、広い背中を撫でた。

「あ」

小さな胸の尖りはすっかり快楽を覚えてしまって、甘噛みされるとそれだけで達しそうな痺れを放つ。擦られては抜かれ、また深く押し込まれては抉られる下の口がやわらかくなっているのがわかった。滴り落ちた精液と混じって、吸いつくようなこんな音を立てるのは初めてだ。

「希」

粘膜を重ねられ、押し入られるときも、苦しさは相変わらずだったが、ひたすらやわらかいだけだった。悦びに細い泣き声を上げながら資紀を受け入れた。ほぐされた身体に深く資紀が沈んでくる。

開かれる衝撃は重く、だが鈍い快感を纏っている。

快楽を得られる。そんな予感が確信に変わるのは、資紀が数度出入りするだけで十分だった。身も心も甘く熟しているのがわかった。ずくずくと身体の中を突かれるたび、背骨から重く湧き上がるものがある。やわらかく蕩けた粘膜から資紀を引きずり出されるときは、痺れるような長い快楽があった。

「あ——、う。あ……っ……!」

唇から滴る声は、甘い苦悶に満ちている。

「坊ちゃ、ん……」

身体に埋め込む動きを繰り返しながら、資紀が、希の右手の指を口に含む。甘噛みし、指を吸い、指の間にある、水かきのなごりを舐めしゃぶる。希の背筋を震わせるのは、資紀の口腔の中で弄ばれる指なのか、爪で苛められ続ける乳首なのかもうわからない。

指に飽きたら唇を吸いにくる。資紀の唇もぬるぬるに濡れていて、希の唇と合わせるとそこから溶けてしまいそうだった。それ自体が交合のような舌の交わりを吸い返すのを、希はもう迷わない。

「希」

頬を擦りつける。首筋を絡め、汗を舐める。舌先で耳の襞をなぞって、目を閉じて祈るように眉間に唇を押し当てた。

「坊ちゃ、ん……」

気泡も入らないくらい濃密に合わさった身体で擦れ合う。粘液にまみれ、やわらかくなった下半身は、痺れてどんどん熱を上げた。怖いほど高く、震えるほど深かった。蕩ける身体を掻き回され、涎を垂らしながら絶頂に追い詰められる。衝動のままに腰を振った。いやらしい音を資紀はやめさせなかった。

汗で肌が軋む。どのくらい声が出ているのか、どれほど資紀を締めつけているのか、わからないまま、絡めた指を握りあって二度達した。

「……は、……っ……」

身体の上で苦悶の表情を見せながら、希の中に熱を吐き出す資紀を、先に達した余韻の中で希は見守った。頬を包み、一晩中こうしていられたらと思うくらい、どちらからともなく深い口づけを交わす。

溢れるくらいの充足の中に、輪郭が消えそうな意識が溶けている。雫(しずく)を滴らせながら抜き出されるときも、喘(あえ)ぎ声の混じった呼吸を繰り返しながら、希の身体を圧倒的に支配した肉のなごりを惜しんでいるだけだった。

死ぬときはこんなふうだろうかと、逐情の果てにある甘い無に浸りながら希は想像する。白く滲んだ五感が痺れて、目を閉じているのにとおくまで明るく、心の奥底にずっしりと、資紀を思う気持ちだけが強くある。ひどく満ち足りた気分になった。

「希」

気怠(けだる)い切なさの中に溶けてしまいそうだ。光に滲んで朦朧とした視界の中で、起き上がった資紀に優しく呼ばれた。『何でしょう』と答えたかったが嗄れて声が出ない。

喘ぐ唇に口づけられて、喉を反らしながらうっとりと目を閉じる。汗に濡れたこめかみを後ろに撫でつけられ、右手の甲を資紀の頰に押しつけられた。ひとつずつ、ホクロに口づけられる。

幸せだった。これが資紀の情だと信じられた。名を呼んで、目を見つめて、小鳥のように資

紀は自分をいとおしんでくれる。長い片想(かたおも)いが行き着く場所だった。

資紀が間近で目を伏せるのに、応じるように希も目を閉じた。凪(な)いだ希の心に触れるような静かな接吻(せっぷん)が唇に触れてくる。

「希……？」

まだぼんやりしたままの視界の中、希の手を頬に押し当てたまま、悲しそうに微笑(ほほえ)む資紀が見えた。

資紀が悲しそうなことが悲しくて、希は資紀の頬に当てた手から、懸命に資紀の心を感じようとした。

あなたに何か悲しみがあるなら、取り去りたい。

戦争から、命の危険から、すべての憂いから、この手で資紀を守りたかった。

目を細め、軽く奥歯を噛みしめるようにして、資紀が何かを堪えるのが希にもわかった。

希の頬を撫でていた資紀が、静かに希の身体を離れた。

目で追う間もなく、資紀が側(そば)に戻ってくる。

「……」

希は濡れた褥(しとね)から資紀に指先を伸ばした。

仰向(あおむ)けのまま資紀を見上げ、そして、手に提げられた鉈を眺めた。

資紀に馬乗りになられても、右手を押さえられても、呆然(ぼうぜん)と資紀を見上げたまま、何が起こるかわからなかった。

暮れかけた夕日に、振り上げられた鉈が鈍く光る。

——ああ、一度もルリビタキは鳴いてくれなかったな。

ぼんやりと思いながら、希は振り下ろされる鉈を見ていた。


これが悲鳴というなら、今まで自分は悲鳴を上げたことはなかったと他人事のように希は思う。

縁側に出ていく資紀の背中が見えた。廊下に乱暴な足音を立てながら「誰か！」と荒々しい声で、続けて何度か叫んでいる。

右手の先が痛い。

潰れるのとも違う、打ちつけたときとも違う。とにかく燃えるように熱くて痛くて、とっさに押さえようとしたところに何もない。手先を見るのが恐い。想像したこともない感覚に、溺れるように混乱した。

手首のつけ根の丸い骨ごとなくなっていた。切り口を訳もわからず左手で握りしめた。助けを呼ぶ声も上げられず、資紀の名を叫ぶこともできない。ただ喉が裂けたような声が迸る。

反射的に、切り落とされた手首の先を探そうとしたが、目が回ってどこが天井で床なのかもわからない。布団と畳の上を意味を成さない切れ切れの声を上げながらのたうち回った。物が物とも見えず、先が無くなった右手首を、ガツガツ震えて定まらない左手で握りしめてもがくだけだった。

――どうして。

呆然の中に流れ込んでくるのは、理不尽だけだった。何が気にくわなかったのか、何が彼の怒りを買ったのか。どうして、どうして自分がこんな仕打ちを受けるのか――。

バタバタと、足音が聞こえたのは一瞬だ。

「希さん　希さん！　これ何な！　何が！」

物音と混乱が部屋になだれ込んでくる。足音と悲鳴。入ってきた人間は、希を見るなり驚きの声を上げ、助けを求めて別の家人を呼び寄せた。

「これどうしたん、坊ちゃんがしたんか！」

「中沢(なかざわ)先生呼んできて！　早よ！　怪我人やっちゅうて！」

「動いたら悪りぃわ！　血が！　誰か押さえて！」

「誰か布持ってきて！　旦那さんに、連絡を」

「ぞうきん！　畳も布団も血でめちゃくちゃやわ！」

「女ん人(おんなし)は呼ばんでよ　ひっくり返るけん！　外に言うたらいけんけんな！」

「希さん！　希さん、動きなんな！」

希は瞬きもできず目を見開いたまま、すべての情景を見ていた。叫ぶだけ叫んで、人に押さえ込まれて息だけをしている。赤いはずのものが赤く見えない。墨にまみれた魚がのたうったように、畳と白い敷布が汚れている。

呆然とするしかなかった。どの痛さとも喩えようがない、希が体験したことのない種類の痛みが、現実感のなさに拍車をかけていた。

痛みよりも、資紀がした行為が希の心を激しく潰す。

——どうして——。

資紀からの答えはなく、理由など何も想像できずに、人に押さえ込まれながら、希はゆるゆるともがく動きを止めた。

「希さん」

動けなくなった希の目の前に、林が腰が抜けたような動きで膝をつく。

「あんた、坊ちゃんとこんな仲やったん」

情交の跡をありありと残した裸で布団に倒れている希を眺めて、林が愕然と呟く。

石に投げつけられたトンボ玉のように白く砕け、呆然とただ希は横たわるだけだった。

冷たく濡れた感触がこめかみを押さえるのに、希は布団の中でぼんやりと目を開けた。

泣いている光子が見える。林の横顔も見えた。

光子は濡れた手ぬぐいで、希のこめかみや首筋を何度も押さえ、自分の涙は袖で拭っていた。

いつ気を失ったか希は覚えていない。何度も意識を取り戻し、また失う。黒い目眩に攪拌されながら沈んでゆき、また粘液の中から這い上がるような苦しさで別の縁に浮かび上がった。

目を開けるたびに自分を覗き込む人は違っていた。ここがどこか、何をしていたのかもうまく思い出せない。資紀に抱かれた記憶、青空に浮かぶルリビタキの籠、夕暮れの空、砕け割れたトンボ玉、重ねられた難しい題名の本、白い光に満ちた庭の景色。「希――」そう呼んでくれた、資紀の声。鏡の破片に映る記憶はバラバラで、纏まりがなかった。

希が目を開けているのに気づいた光子が、歪んだ顔で笑った。

「目が覚めたの？　手首を下に下げたら疼くでしょう。上にあげましょうね」

優しい声でそう言って、光子は希の腕を静かに持ち上げた。

傷口は熱く、ぎりぎりと締めつけるような痛みがあるが呻き声を上げる力がない。腕が全部、肩のつけ根まで、まるで火に突っ込まれているように痛い。藻掻こうとしたが、身体中に鉛が詰まっているように指先ひとつあげられない。「ほどいて」と呻いたような気がするが、声になったかどうか希にもわからなかった。

まるで湯の底から見上げるように揺れる天井が見えていた。夏のように暑いのに、奥歯から震えるような、不快な寒気が止まらない。喉が渇くが声が出ない。光子の声も、耳の中でわんわんと歪んで、唇の動きからずいぶん遅れて聞こえてくる。

——傷は高くしておかないと疼きますから。

そういえば、気を失う前、そんな男の声を聞いた気がする。

光子は希の手が倒れないように、やわらかい布で緩く脇息に縛った。手首の先に心臓が滑り落ちたようにずくずくと疼いていたのが少し楽になる。だが今度は皮を糸で引っ張られるような攣れた感触が火花のように鋭い痛みを放った。押さえつけられ、悲鳴を上げながら、傷を縫い込められた記憶がある。

朧気に自分に起こったことを思い出すが、今はまだ不思議なくらい実感がない。包帯のあたりが激しく痛むのに、指先はまだそこにある気がする。

「なんで……。なんで希さんにこんなこと……」

悪い夢かもしれない。心の中で繰り返す希の願いを、光子の嗚咽が打ち砕く。皮膚の奥のほうから滲み上がってくるような気持ち悪い汗に目を閉じる。天井が回るような目眩がする。手が痛い。傷の先端を縫い込んだ糸をほどけば楽になるのは本能的にわかっていた。手首に食いこむ止血の紐も、耐えがたく痺れて泣き声を上げたいが、そんな力もない。このまま布団に沈んでゆきそうな、意識はあるのに脳から止まってしまいそうな恐怖を伴う眠気がする。

入り口のところから、障子の桟を叩く音がした。

「林さん。林さん、こっちにおるかえ」

「なにごとなん。早(は)よ入って。そこ閉めて」

苦々しい林の声が聞こえたあと、男の声が気まずそうに言った。

「……基地から、特攻が出ることが決まったそうです。希さんは無理やろうかって、基地のほうからお遣いの人が来とるんですが」

「無理に決まっとるわ」

林が失笑した。

資紀は、何も理由を言わなかったと聞いた。

ただ、自分がやったとだけ、はっきりと言ったそうだった。

資紀がこんなことをするはずがない、希が資紀を誘い、堕落させ、逆鱗(げきりん)に触れる何かをしでかしたのではないかと、資紀の母の侍女と、母屋の年寄りの加藤(かとう)が希の枕元に問い詰めに来た。詰(なじ)るような口調で、資紀に都合がいい事情をしつこく聞き出そうとした。

庇ってくれたのは林だ。ここのところずっと資紀の様子がおかしく、最近、理由もなしに希に何度も乱暴を働いていたことを、殺した声で、だが譲らない口調で加藤たちに伝えていた。

翌々日、たまたま広島まで来ていた徳紀(とくのり)が、知らせを聞いて家に帰ってきた。

温厚な徳紀が烈火の如(ごと)く怒り、激しく資紀を殴りつけたという。軍刀で斬り殺さんばかりの勢いだったが、林たちが必死になって宥めたのだと言っていた。

「何でこんなことなったろかなあ……」

希の布団の隣で憔悴した林が独り言を漏らした。

希が手首を切り落とされ、朦朧の中にあった四日前、基地から初めての特攻隊が出撃したという。

初出撃に含まれるはずだった希の代わりに、希が名前を知らない航空隊員が一人飛び立ったそうだ。

沖縄へ向かった特攻機の戦果は上々で、すぐさま第二陣が組まれるということだった。

特攻機に乗るのは熱烈に志願するものだけだと決められている。だが相応しい人間というのは暗黙のうちにあって、乗るべきものが乗らないのは恥という風潮が広がっていた。

兄弟が内地にいる独身の男、身寄りのないもの、熱烈に志願するもの——そして、それを率いるに相応しい上官。

若く美貌に優れ、階級が高く、日本を守る神鷲としてあがめ奉り、死を尊いものと主張する錦の幟として、資紀以上に相応しい人間はいない。

成重はそれを怖れるがゆえに、希を養子に立てて先に特攻に出し、資紀を守るはずだった。

次の特攻は四日後だ。今さら身代わりを探しても間に合わない。

今回のことについて、林が言うところでは、資紀が幼い頃から、彼の真面目さと優秀さを信仰のように信じる一部の家人たちは、資紀を庇っているらしい。希を押しのけても自分の身を国に捧げたいがゆえの凶行だと資紀の行動に理解を示しているそうだった。一方で思いつめたというにも残忍すぎる行動には一様に口を噤んでいるということだ。

戦争のせいだと、優しかった昔の資紀を思って泣いた人間もいたという。林もその一人だった。そのくらい昔の資紀とは、振る舞いも、心も変わっていた。

血が滲み続ける傷口には、包帯を巻きなおすたびに黄色い化膿止めとしびれ薬が塗布された。痛み止めと眠り薬も与えられ、希はあれ以来、うつらうつらと眠って過ごしている。

薬が足りない今、贅沢だと言い聞かせられた。徳紀の誠意だということだった。南方で泥地を這い回る将兵のことを考えればどれほど恵まれているかとも言われた。

——今なら間に合うと思うんですが。

あの日、夜闇に紛れ、希の傷を往診に来た医者は、今急いで縫いつけたら、指先は動かなくても形ばかりは元通りになるかもしれないと、希の手首から先を捜すように言った。

すぐに室内や庭、縁の下まで捜されたが、希の右手は見つからなかった。

騒ぎのとき、火事場のように人がなだれ込んだ。大声を上げながら、度を失った人々がばたばたと出入りし、血まみれの布類を摑んで盥に突っ込み、他人に見られないように、すぐさま裏の焼却炉で火にくべたものもあるそうだ。

人に蹴られるか、はね飛ばされて庭に転がり出たものを、犬が咥えていったのだろうと林は言っていた。捜しているうちに半日が過ぎ、たとえ今見つかったとしても、繋がる望みもなくなった。

手先が疼くのにのろのろと希は目を開けるが、痛む場所には何もない。ずっと眺めてみても、ふと動く気がして手のひらを握ろうとしてみても、やはりそこには何もなかった。

「操縦桿が、……握れない」

うわごとのような掠れた独り言を、希は呟いた。

混乱と痛みに溺れるまま数日を過ごしたが、この手首が何を示すのか、今ようやく希は思い至ったのだった。

航空機に乗れない。特攻に行けない。

自分は資紀の役に立たなくなったのだと、じわじわと実感が湧いてきて、希を静かに絶望させた。

眠り薬がなければ、泣いてわめき散らしていたかもしれないが、鈍い意識はそれも許さず、ただ希の心の中に、現実という刃を静かに押し込んでゆくばかりだ。

——坊ちゃんに、こんなに憎まれていたのか。

それを思うと、何よりも辛かった。疎まれているのはわかっていたけれど、ここまで激しく嫌われているとは考えもしなかった。

そうならそうと言ってほしかった。身代わりや希自身が気にくわないなら、希に当たらず自分の父親にそう言えばいい。

男の意地、軍人の誠意、矜持(きょうじ)。それを差し引いてもあんまりだ。資紀を恨む、堪えきれない気持ちが今度こそ拭いきれない染みになって、血が滲んでゆくように心を汚してゆく。

あの人のために戦うつもりだった。身体ごと、命ごと、あの人に捧げるつもりだったのに、どうして――……。

理解はまだ涙に届かず、泣けもしない。

「希さん、お薬の時間ですよ」

囁きかけられて、希は虚ろな目をゆるゆると開いた。

光子がほとんどつきっきりのようにして看病してくれている。光子はガラスの吸口の横に、手際よく薬を広げながら、ついでのような声で冷たく言った。

「坊ちゃんの、出撃が決まったそうです」

「……」

「ご自分のせいよ」

口許を覆った手の下から、光子の呟く声が聞こえた。

その日は、戦争をしているのが惜しくなるような、うららかな春の一日だった。霞のような雲に覆われた空が、優しい水色で広がっていた。空襲の焼け跡を埋めようとするように、短い麦の芽がやわらかい緑色で基地のまわりを埋め尽くしている。その向こうに見える桜は今や満開で、白く振り散る花びらは吹雪のようだ。

平野に囲まれた広大な滑走路が、海に向かって延びている。滑走路脇のポケットには二五〇キロ爆弾を腹に抱いた特攻機が並んでいた。磨かれた尾翼。風防のガラスが春の陽射しに優しく煌めいている。

成重家は、総出で資紀を見送りにゆくことになった。徳紀は東京に呼び戻されていて、総代には母親が立つことになった。

資紀の母はあいかわらずで、我が子が特攻に行こうというのに、絹の着物に身を包み、化粧をして、日傘を差しかけられながら見送りの列のいちばん後ろにいる。

見送る人々は滑走路の後方脇に固まっていた。希は、三角巾で吊った腕を抱え、林と光子に支えられながら、俯いて見送りの列に加わった。

朝、林が着替えの手伝いに来た。資紀の見送りに連れてゆくと言われた。なぜ自分がと理不尽に思ったが、戸籍上、希は資紀の弟だ。見送りに行かないわけにはいかないし、養ってくれた成重にも恩がある。

右手が目立たないよう、大きめの上着を羽織っていた。故郷に戻ってきた傷痍軍人や、先の空襲で怪我を負った人も多く、最早軍人にも見えない希の包帯をじろじろ見る人間はいなかった。

脇腹に日の丸が鮮やかな緑色の機体は九九式艦上爆撃機だ。コバルト色は九七式艦上攻撃機だった。型が旧式化し、戦闘に出る実戦機から訓練機に格下げになった、あのみすぼらしい狭い機体があの人の棺桶だ。

あれに乗るはずだったと、希は遠く機影を眺めた。まわりをせわしく整備員が走り回り、航空服に身を包んだ特攻隊員が、まだ整列がかからずうろうろとしている。

最期の煙草を吸いながら仲間と語らうもの、整備士と抱きあっているもの。思い思いに、桜の枝を手折り、後ろ襟に挿すものや帽子に挟むものもいた。菊を手に、あるいは家族の写真や娘の人形を抱いたものもいる。

悲しいけれど、取り乱す人もおらず、緊張の中にも穏やかな、そして不思議なくらい晴れやかな、春の光景だった。

その日の特攻機は十五機。

手作りの日章旗が振られ、万歳の声が上がる。

航空隊員たちは、家族と手を握り、親愛の言葉を交わし、折り目正しい最後の別れを告げている。

資紀も、家人に囲まれ最後の挨拶を受けていた。

手に縋って泣く者もいたし、自分の孫のように、ずっと背中や腕を撫でつづける老人もいた。女学校の生徒が恭しく差し出す桜の枝を、資紀は微笑で受け取った。堪えきれずに嗚咽を上げる者もいた。

資紀の母親は、息子が目の前に来ても、身じろぎひとつせず日傘を差しかけられて人垣のいちばん後ろに立っている。資紀は母親にわざわざ近づくことはせず、家で一番古い加藤に「身体を労ってください」と最期の言葉を残して、母親に静かに敬礼をした。あたりから一斉にすすり泣きが漏れた。泣き出す代わりに万歳と叫び出す者もいた。

そんな光景を見ても、希の心には何の感慨も湧き上がらない。白っぽい春の陽射しが目に痛く、弱った身体がふらふらとするのが辛くて、早く部屋に帰りたいと思った。

家人を眺めながら、ゆっくりと資紀が近づいてくる。自分に見える場所で、成重の母屋で預かっている若い飛行練習生が敬礼をすると、資紀が軽く敬礼を返すのに嫌悪を覚える。この間まで、希が欲しがっていたのは、あんな些細な資紀の好意だった。

虚しすぎて、ふっと無になる。

恨みなのか、怒りなのか、虚しさなのか。体力が失われているせいではっきりとした形にならない感情を重く抱えて、人垣の中に希は佇む。見送りの人の中に交じっていても希には他人事だ。惜しむ気持ちも、悲しむ気持ちもない。最後に資紀の顔をよく見たいと思うこともなかった。

希の前に差しかかる資紀が視界の中に入ってくる。目を逸らすのさえ億劫で、希は資紀が目の前から立ち去るのを待った。

『七生報国』の文字がしたためられた鉢巻きに、耳の垂れた兎の毛の飛行帽。肩から十字に巻きつけた飛行ハーネスは、落下傘ではなく、逃げ出さないよう機体と自分を縛るために使う。

資紀の精悍な顔立ちに、飛行服がよく似合っていた。清しくも静かな表情の資紀を視界の隅に置きながら、この人なら神さまになるのに相応しいなと、何となく希は思った。

咲きこぼれる桜の枝、晴れやかな凜々しさが苦々しくて眉根を寄せる。

もうこれきり会うことがない。そう思うと安堵を覚えた。理不尽な悪意を向けられることもない。身体を重ねたことならすぐに忘れる。死ぬ人をいつまでも恨むのも愚かなことだ。今さら彼に向ける感情もない。

一人の男として完璧な姿はそれでも希の目を引いて、なけなしの怒りで目をつぶらなければ、資紀から視線を逸らせなかった。

せいぜい気に入ったように死ねばいい。

資紀が過ぎ去るのを待ちかねて、重たい視線を彼から外そうとしたときだ。

希は、資紀の胸元が微かに汚れているのに気づいた。

内側から滲んだような黒い染みが三ヶ所、小さく浮き出ている。几帳面な人だったのにと、似つかわしくなく思ってしまう自分に嫌気を覚えながら意識を逸らそうとしたが、資紀の胸元に止まった視線は外せなかった。

滑らかな胸板が収まっているはずの場所が、不自然に膨らんでいた。襟に巻いた白い絹のマフラーの端を収めているにしてもおかしい。引かれるように目を凝らすと、膨らんで歪んだボタンの隙間から、何かを巻いた布のようなものが見える。

資紀は何も持っていかないと聞いていた。

何だろうと思ったが、彼の大切なものなど想像がつかないし、どうでもいい。

資紀が希を見た。

「——……」

希が眉を歪めて視線を逸らそうとしたとき、彼がふと微笑んだのが見えた。星を見ていたときに似た、心底気負いのない優しい表情だ。見たことがないくらい穏やかな目をしていた。

優越感がさせることだろうか。

悔しい、と希は奥歯を噛みしめた。飛ぶのは自分のはずだった。

希は唇を結びながら、ゆっくり離れてゆく資紀の気配を視界の外で見送る。

諦めのため息やすすり泣きが聞こえた。気の毒そうに囁く声も。

「ご立派な方やのになあ」

「なんか、自分で身代わりの人に怪我させて、結局坊ちゃんが飛ぶことになったっちいう話はホントなん？」

家人が噂するひそひそ声が希の耳に入ってきた。母屋のほうの人間だろう。見たことがない顔だ。成重の屋敷は大きかったので、離れの奥に隠れ住む希を知らない人も多い。

「さあ。でも相手ん人が目ぇでも見えんごとなっとったら、その人は兵役に行かずに済むわな。健康な男は、どうせこのあと玉砕しかないし、生き残りたいなら治らん怪我でも負うしかない。目を潰すか、足か右手を潰すか……」

「右手やったら不自由やん。左じゃいけんの？」

「右手があったら引き金が引けるけん、米軍の捕虜になるし、海軍を辞めても陸軍に徴兵されるわ」

米兵は異教の教えから、目の見えないもの、引き金を引けないものは軍人として扱わないと希も聞いたことがある。兵隊ではないから捕虜にもされないと。

「噂なんやけどな、特攻が飛んでも、日本はもう駄目らしいよ？」

大本営が隠しても人の口に戸は立てられない。

他の家は知らないが、海兵が多く下宿している成重家では、酒に酔った軍人が漏らすこともあるだろうし、基地からの伝令や電話が家人に聞こえたこともあったはずだ。大げさな戦果を伝える新聞、被害をまったく伝えないラジオ。減ってゆく食事や林の様子、はっきりと口に出さなくとも敗戦の気配は、この数ヶ月、外の暮らしをほとんど知らない希にも肌でわかる。

もうすぐ戦争が終わるかもしれないと言われれば、そうかもしれないと希も思った。先がどうなるかはわからないが、間違いなく、日本の敗退という結果で。

「今死んだら、馬鹿らしいちゅうことやな――」

男は特攻機を眺めながら気の毒そうに声を潜めた。

人垣から急に悲愴なざわめきが上がった。

特攻隊員たちが特攻機の前に整列し、水杯を受けている。合図で飲み干し、軍刀の柄で割る。いよいよ出撃だ。

もうすぐ戦争が終わるのだとしたら、勝ち目のない海で命を捨てることに、何の意味があるのだろうとぼんやりと希は思った。こんな激しい方法で希を操縦席から押しのけて、特攻へ行くことに資紀は何の意義を見出したというのだろう。

士官の意地だろうか、軍人の美学だろうか。何にしろ希を代わりにしておけば生きられたのに、資紀ともあろう者が馬鹿馬鹿しいことだ。

聡明な人だった。胸裡で戦争を憂うように、熱心に『孫子』を読む人だった。

――もう泣くな。

人の痛みがわかる人だった。心配のあまり不機嫌な顔をする人で、ルリビタキを拾ってくるような優しい人だったのに。

「……」

心の中に、不安がぽつんと血のように滴り、希は、ぼんやりと溶けていた意識を寄せ集める。そんな資紀がどうして自分にこんな仕打ちをしたのだろう——？

考えるまでもないと思った。特攻へゆける希への嫉妬。生き残ってしまうことへの不安。取り上げられそうになった軍人としての矜持を、力ずくで希から奪い返しただけだ。

急に沸き立つ違和感が、ちくちくと胸を刺す。

一億総玉砕。飛び散る珠（たま）のように見事に死んで見せよという大本営の煽（あお）り文句を、あの資紀が頭ごなしに信じるだろうか。こうして誰もがもうじき戦争が終わることを知っているのに、特攻は無駄かもしれないと家人までが囁くほど、敗戦の足音はそこにあるのに。

絶望したのだろうか。だがそんな弱い人ではないことを、希や、新多も知っている。

——子どもを助けるのは当然だ。

心底きれいな気持ちでそう言いきる人が、己の意地や虚栄だけで、望みのない未来に自分の命を捨てるだろうか。

家の責任を負うと決めた資紀が——小鳥の命を見捨てられない優しい人が、特攻にゆきたいばかりに我（わ）が儘（まま）に身を投じるだろうか。

「日本人は、どのくらい生き残るやろうね」

ざわめきの間から妙に鮮烈な、皮肉めいた男の声が聞こえた。

敗戦後、生き残るのは、女子どもと年寄りと、——軍人になれない男だけだ。

自分もそうなのだと、ふと希は気づいた。

希は、遠くに整列しているいかにも健康そうで若い特攻隊員たちを眺めた。

希にはもう戦争に行く資格がない。

背中を押されて行軍の隊列からはみ出たときのような錯覚が不意に希を訪れた。

特攻隊が並ぶあの場所は、数日前まで希が帰るはずの場所だった。命令さえ下りれば走ってあそこに行くつもりだった。今は列に戻ることも、飛行服を身につけることすら許されない。急に心許なくなる気がした。予科練を選んだときから——いつか兵士として資紀の役に立つ自分になりたいと願いはじめた日から築き上げてきた拠り所のすべてを失った気がした。

戦争に行けない。右手がないからだ。右手は資紀が——……。

おそるおそる振り返る日々に、静かに答えは佇んでいた。徐々にそれに焦点を絞ると、浮かび上がる真実の輪郭に、希はゆっくりと長い息を呑む。

確かに見える資紀の思惑があった。

いつからそこにいたのか、どのくらい長くそこにいたのか。なぜこれほどまで、はっきりと存在するものに自分は今まで気がつかなかったのか、急に鮮明に見える目に足が竦む。

顔を上げ、理由を問いたくて資紀の姿を探した。

間違いであってほしい。そうでなければ取り返しがつかない。

「坊ちゃん」

溢れるように、希は資紀を呼んだ。

「そんな……」

そんなはずはない。

「——……」

夜空に滲み上がってくる星のように——透明なインクのように、あとから見えてくるものがあった。冷たさの裏に、残酷さの裏に、手荒で薄情な情交の裏に。

どうして冷たくしたのか。どうして優しかったのか。どうして希の大切なものを壊したのか、どうして自分を抱いたのか。

「……あ……」

逆さまの星座。海に映さなければ本当の形を知ることができない資紀の心——。

身体の芯から重い震えが湧き上がり、希は取り返しのつかない今を感じる。

誰にも言えない。触れられたらはち切れそうな不安が胸の中に膨らんで、息をうわずらせながら、助けを求めるようにうろうろと視線をさまよわせた。

まさかと思った。でもそれ以外考えられなかった。

間違いない。

資紀の胸の中の、血の滲んだ布。

——あれは自分の手首だ。

「待って……」

希はうわごとのようにそう呟いて、滑走路のほうに踏み出した。重なる人の肩がある。力のない左手で、目の前の肩を手で分けた。

「待ってください。待って——……」

自分の恐怖は誰にも伝わらないだろう。希だって、この途方のない「まさか」が信じられない。ビリビリと総毛立つ。不安を過ぎて戦慄した。悲鳴も上げられないほどに、衝撃で胸がはち切れそうだ。

「希さん？」

人を押しのけようとした希に光子が怪訝な声を上げる。

「希さん。どうしたの？」

「坊ちゃん……！」

「希さん。駄目よ！」

希は叫んだ。止める声音を無視して、希は前に並ぶ人々の間に割り込む。人垣は重く、資紀は遠い。歯がゆく押しのけながら資紀を呼んだ。

「待ってください、坊ちゃん」

届くはずのない呼び声を出して、希は人垣を掻き分け進もうとした。もどかしい三角巾の中から包帯を抜き出し、前の人を乱暴に分ける。人がざわめいて振り返る。

「そんなの、嘘でしょう。そんな——……」

自分に冷たくしたのは、あの人を思い出させないためだ。素っ気なかったのは、思い出をつくらないためだ。

叱ったのは、あの人を憎ませるためで、トンボ玉を奪ったのは、心の中の絆を断ち切らせるためだ。五歳の頃の優しい思い出までも、汚らしいものとして希に捨てさせるためだった。

「どうして……！」

希を拒むすべての行いは、海に映った星のように、反転したあの人の心だと、どうして自分は気づかなかったのだろう。

「希さん！」

引き止める手を振り払い、希は目の前の人垣の中に身体を割り込ませる。

「坊ちゃん！」

「ちょっとこれ、どこの人」

咎める声を押しやり、希を後ろに押し返そうとする人の手を、希は片手で振り払った。無理やり飛行機に向かって進んだ。人が邪魔で、資紀が見えない。

「おい。いかんやろ！　特攻を引き止めるヤツがあるか！」

「坊ちゃん」

声は届かない。届いても資紀はけっして振り返らないのがわかっていた。

「行かないでください」

こちらに向けて桜の枝を頭上で振り、隊員が飛行機に乗り込む。プロペラは回っていた。

高らかな発動機の音が蒼穹（そうきゅう）に響く。

「坊ちゃん。待って。……行かないで」

「おい！　やめんか！」

「坊ちゃん！　資紀坊ちゃん！　待って……！」

悲鳴のような声を上げ、右手を伸ばして資紀を呼ぶ。

身代わりの身代わりなど、あっていいわけがない。

「何しよんのか！　止まれ！　特攻の出撃やぞ」

手を伸ばす。傷の先が人に当たって痛んでも、希は資紀に手を伸ばすのをやめなかった。包帯の上から摑んでくる手を振り払い、希は死にものぐるいで資紀に手を伸ばして悲鳴を上げた。

「坊ちゃん！」

腕を摑まれ、髪を摑まれても希は叫んだ。肩にかけられた手を振り払い、希は血に染まった手を伸ばし続ける。

「お願いです、待って――！」

「――帽振れえっ！」

号令とともに、わっと声が上がり、帽子や手ぬぐいや旗が一斉に振られた。

「その人止めろ！　出すな！」

「坊ちゃん。――坊ちゃん――ッ……！」

「オイやめろ！　やめんかっ！」

「坊ちゃん！」

　希の絶叫も資紀には届かない。

「坊ちゃんッ！」

　三角巾を引っ張られる。襟のボタンが弾(はじ)け飛んでも、希は飛行機の中に消えた資紀に右手を伸ばし続けた。もみくちゃの隙間から、人を押しのけて、振り払って、口許を塞ぐ手を必死で払いのけて叫ぶ。

　滑り出す尾翼が見える。発動機の音がいっそう高くなる。海に向かって一番機が浮き上がった。春の若芽を巻き上げながら、次々と特攻機が飛び立ってゆく。

「待ってください、坊ちゃん――！」

　行かせてはならない。何も聞いていない。

　資紀を愛しているのだと、この期に及んで希は気づいた。憧れではなく、親愛でなく、ただあの人が欲しかったのだと、この瞬間まで気づかなかった。

　後悔が悲鳴になって迸った。

　資紀の厳しさが、不器用さが今頃になって優しさとなり、希になだれ込んでくる。愛されていたのだと肌が理解する。

「──行くなあッ──！」

希の絶叫を、青空に舞う桜の花びらと、エンジンの轟音が掻き消す。

たくさんの手に摑まれ、希は人垣を数歩も出ないところで押さえ込まれた。滝壺に呑まれたようだった。潰れそうなくらい上からものすごい力で押さえられ、もみくちゃにされ、何度も蹴られ、殴られた。

特攻の門出を穢すなど、あってはならないことだ。重罪なのはわかっている。家の恥さらしだ。許されない。ましてや成重家のような責任のある家がそんな失態を犯したらどれほどの不始末になるか希も知っていたが、かまう余裕はどこにもなかった。自分の何と引き換えでもいい、あの人を止めたかった。命を差し出して、地面に額を擦りつけて、自分の愚かさを大声で詫びたかった。引き止められるなら喉が破れてもいい、一生の咎を負ってもいい。摑まれる髪を、引き止められる腕を切り落としてでも資紀を追いたかった。

──もう、なにもかも、遅いけれど。

頭の中は死んだように静かだった。資紀が離陸した瞬間、感情が振り切れてしまったように何も感じられなくなった。痛みも、現実も、罵倒も少しも心を動かさない。

後悔と恋しさだけがひたひたと割れた心に満ちていた。

もう痛みは感じない。ただ希の命を削るばかりの打撃が身体を打ち続ける。

資紀を失った世界は、暗く、冷たく、静かだった。

隠すように家に戻され、納屋に叩きこまれた。希はもう起き上がることもできず、土間に倒れたままだった。

見知らぬ家人に殴られた。母屋や離れに勤める男や、成重で世話になっている兵たちのようだった。水をかけられ、激しく罵られた。特攻は明日の彼らか、あるいはその家族だ。特攻隊員の神聖は絶対とされた。滑走路は神の道だ。希はそれを穢した。

希に一番激しい怒りを向けてきたのは資紀の母親だった。

「奥さん。もうやめよ！　もうこの人もわかったき」

希を庇う家人まで、誰かれかまわず打ち据えそうな激しさで、資紀の母は、庭にあった竹棒で何度も希を叩いた。

「うるさい！　何で――ッ！」

腕を背中を、悲鳴を上げながら何度も母親は棒で叩いた。

「資紀の特攻を、なんでおまえなんかが穢すん？」

足許にかんざしが落ちている。長い髪を振り乱し、片方の草履が脱げ、汚れた白足袋で足を広げて立っている。どこかで引っかけたのか着物の袖も裂けていた。何度も棒を振り上げるから、襟ははだけ、希が会った日よりもずいぶん痩せて青黒くさえ見える顔には、濃い隈が浮かんでいる。悲鳴と境のないような引き攣れた声で彼女は叫んだ。

「うちが我慢しとるのに、おまえは身代わりの役にも立たん、そのうえ資紀に汚らしいこと教えて、おまえは——！」

夜叉のようだった。人形のようなあのひとからこんな声や言葉が出るのかと呆然とするような形相だった。

「畜生や！　疫病神や！　こんなん身代わりにもろうたから、資紀が……資紀がっ——！」

「もう堪忍してください、姫さん、姫さん！」

「もういけません、ほんとに死んでしまう。な？　奥さん！」

お祭ししますと、泣きつくように家人が母親を希から引き離そうとすると、母親は引きつけのような声を上げ、激しく振り払って、痩せた白い腕でさらに棒を振り下ろした。

「資紀が死ぬのに、おまえも死んだらいいんやッ！」

ああ、この人も母であったのだ。

痛みも感じられなくなった意識で、希は思い知った。

母親と言うには冷たすぎる彼女の資紀への態度は、猛烈な我慢で抑えつけた愛情と、我が子に対する誇りだった。

資紀、と、長く泣き叫んで彼女は土間に崩れた。家人が慌てて抱き支えている。

「……」

ねえ。あったでしょう？　坊ちゃん。

薄れてゆく意識の中で、希は資紀に問いかける。

教えに行きたかった。

いつもあるのだ。

月も、星も。

闇夜でなければ見えない光も。

傷と打撲と骨折にまみれた希は、熱と痛みに溺れ、薬で意識を塗りつぶされたまま屍のように布団に埋もれていた。

夢の中によぎる過去の一瞬一瞬は、星のように、小さく白く、確かに希に輝きを見せた。

指で星座を辿るような眠りだった。

ルリビタキ、トンボ玉、本を払いのける冷たい手。ひとつひとつ、記憶の指先で資紀のいる風景を繋いでゆく。あの人という星座を海に映せば、狂おしいほどの優しさと不器用な愛情が浮き上がってくる。

目を閉じれば不思議なくらいはっきりと見える。

何も気づかなければ、一生資紀を恨んで、意地でも生き延びていたと思う。こうして気づいて、資紀のあとを追って死にたくても、資紀の命と引き替えだと思うと死ねもしない。生きるしかない。資紀の思うままだった。

星座のように正確に、資紀は希に、今想像しうる限り一番遠くまで生き残る星を示して、空の彼方に消えてしまった。

†　†　†

基地から飛び立った特攻機は、串良を経由し、沖縄へ向かったという。

翌朝、成重の家の人々は庭に寄り集まり、軍艦マーチとともに、ラジオから流れてきた大本営の発表を、悲痛な面持ちで聞いたのだと林が言っていた。

――帝国海軍特別攻撃隊ハ今朝　沖縄海域ニ於イテ　敵艦ヲ撃沈セシムルモノナリ。

のちに希が伝え聞いたところでは、『突入ス』と、あの人らしく、短くも潔い略譜を打って、沖縄の海に散華したということだった。

希が身体を起こせるようになるまで、ひと月あまりの時間がかかった。資紀がいなくなるのを見計らうように空襲が続き、基地はもちろん、鉄道や町の広い範囲が被害に遭った。成重家は何とか焼け残った。

四ヶ月経った今は、傷も塞がり、手首に独特の疼痛が残ったものの、右手の先以外は元に戻った。

五月になって東京の父から手紙が来た。徳紀がわざわざ希の父の研究所を訪ね、事情を説明してくれたと書いてあった。徳紀は、できればこのまま希を養子として一生面倒をみたいと申し出てくれたそうだ。事情が許せば希に成重の跡を継がせたいとまで言ってくれたらしい。

徳紀の純粋な善意でもあっただろうし、希を屋敷に閉じ込めて、資紀が犯した罪が醜聞として漏れるのを防ぎたい考えもあったのかもしれない。

父は必要ないと答えたらしいが、療養の面倒を見るという申し出には甘えざるを得なかった。傷口がきれいに治まったのも、この逼迫した物資不足の中、惜しみなく与えられた医療のおかげだ。

暑い日だった。蟬の声が庭の大欅から降り注いでくるようだった。

その日は裏屋敷の畳が上げられる日で、手ぬぐいをかぶった家人が、離れの中をうろうろとしていた。

黒いカーテンが外され、ガラス戸から米印のセロファンが剝がされる。電灯から垂れ下がっていた布の笠も取られ、鴨居に並んでいた防空頭巾がしまわれる。

芝居が終わったあとのように、明るくさっぱりと屋敷は陽の光の中に開け放たれていた。

五日前、戦争が終わった。

抜けるような青空の下、よく聞こえない玉音放送がラジオから流れ、林から「終わった」と一言言い渡されるだけの終戦だった。空の色が変わるわけでもなく、進駐軍がなだれ込んでくるわけでもない。昨日と変わりのない一日が来ただけだったが、それきりB‐29の機影を見ることは一度もなかった。

母屋から軍人の下宿人の姿が消え、裏屋敷の台所は使われなくなり、裏屋敷より奥に住まうのは希だけになった。

資紀が使っていた部屋はすでに片付き、畳が壁に纏めて立てかけられている。書庫の本は皆、空襲に遭った地元の学校に寄付されて、今は空の書架を残すのみだ。

縁側は大きく開け放たれ、八月の熟れた風と、蟬の声が屋敷をいっぱいに満たしている。

今日、本格的に離れの部屋は片付けられる。

希が廊下に出てみると、ブリキのバケツを手にした家人が、慌ただしそうに書庫から出ていくところだった。彼らは希が聞いているとも知らないで、無責任な口調で話していた。

「あの人の手の先は、とうとう見つからんまんまやったな」

「焼却炉からも、骨みたいなんは出らんかったっち言いよったやろ。やっぱり犬か何かが持ってったんやろうなあ」

家中を捜し、畳まで上げたのだからもうどこも捜しようがない。

資紀の胸元に気づいたものは誰もいないようだった。

希の右手は資紀の胸に抱かれていったのだ。

今となってはそれだけが救いだった。

†　†　†

日が暮れる前に、蚊帳を吊り、蚊取り線香を焚く。

空襲に怯えて家の灯りを消し、カーテンを引いて息を潜める生活は終わったのだが、変わらなすぎて、終戦と言われてもにわかには信じられない。気を抜くと空襲警報が鳴るのではないか。そう思いながら早十日が過ぎた。

スズムシの鳴き声が聞こえる。

九月が目の前に迫っていた。屋敷からはいよいよ人が減っていたが、今度の月命日は大きな法事をするらしい。戦中で控えていた資紀の初盆の代わりだ。

相変わらず希は、日が暮れるまま部屋を暗くしていて、そのまま眠ってしまう日もあったが、大概は縁側で星空を見ていた。

夏空のオリオンは、西の方角に低く佇んでいる。

よく、二人で星を見たことを思い出した。彼の横顔ではなく、目の前のシャツの白さばかりを覚えているから皮肉なものだ。

あの人の飛行機はシリウスを見つけられただろうか。希の右手を道標にして――。

「――希ちゃん」

声とともに裏の門のほうから足音が聞こえて、あっと声のほうを見た。

白いシャツに、灰色のズボン。覚えのある甘い顔立ち。彼も驚いたように希を見ていた。

「希ちゃん……！」

新多坊ちゃん。

そう言いたい声は涙に崩れた。

動けないまま声も上げられずに泣いた。縁側の板にぽたぽたと涙が落ちる。右手の先にはまだ包帯が巻かれていたが、それも気にせず涙に手をやる。新多に会えた安堵と申し訳なさが胸に溢れた。

そんな希に、新多は腕を伸ばして触れた。縁に膝をかけ、小さな子どもをあやすように、希を優しく抱く。

「話は聞いた。なんてことだ」

希の右手を確かめ、新多はまた希を抱きしめた。囁く新多も涙声だ。悔恨が滲む声だった。

新多も資紀の目論見を知らなかったのだ。

落ち着くまでしばらくかかった。新多は希を辛抱強く待っていてくれた。

鳴きやんでいたスズムシが、また窺うように鳴きはじめる。

茶を出すと言うと、いらないと新多は首を振った。

最近では一番涼しい夜だった。団扇もいらないほどだ。

新多は庭に目をやりながら、思い出すように言った。

「基地に特攻の命令が下りたら、電報で合図を送ってくれと言われていた。通信担当だから特攻の連絡はうちを通るんだ。職権を乱用しろって言われてた。酷いよな」

新多は苦笑いをする。

新多から届いた流行歌が書かれた電報。あれは、特攻の命令が下ることになるという報せだったのだ。

「覚えてるか、希ちゃん。俺が広島に行く前の夜、おまえが俺に『正月に何かあったのか』と訊いたことを」

「はい」

「東京で、俺たちは、いよいよ次は大分から特攻が出ると聞いていたんだ。箝口令が出て、誰にも言えなかった。すまなかった」

資紀が希に、資紀を憎むように仕向けさせはじめたきっかけはそれだったのだ。

「てっきり、アイツはおまえに最後の誠意を尽くすんだと思っていた。こんなことになるとは思っていなかった」

資紀の代わりになる希に、真心を示すつもりだと資紀から聞かされていたと、新多は言った。

「気が変わったんでしょうか」

新多にそんな話をしていたなら、電報を見たあとで急に自分で行く気になったのかもしれない。

新多は沈鬱な顔をした。

「残念ながら、資紀はそういうヤツじゃないんだ。神経質で真面目で、うんざりするくらいしつこくて、頑固だ。些細なことを何年も根に持つし、無駄に記憶力がいい」

希は、親愛が籠もった新多の悪口を涙が滲む気持ちで聞いた。そして今まで誰にも打ち明けたことがない、希が感じたことを新多に話してみようと決心した。

希は左手で右手を大事に胸に抱えながら、途切れ途切れに、だが一所懸命喋った。

資紀は、己を犠牲にして希を生かそうとしたのではないかと――。

「きっとそうだろう。やっぱりいい子だ、希ちゃんは」

聞き終えた新多はため息をつき、しみじみと言った。そして彼は火をつけないままの煙草を指で弄びながら、暗い庭を眺める。

「あいつの性格の激しさや愛情が、傍目からわかりにくいことなんて、俺はよく知っていたつもりだったのに、甘く見たよ。あんなに反対していた身代わりを、素直に持てなして見送ろうなんて、絶対腹に何か抱えてるはずだったんだ。俺はそれを見抜けなかった」

「新多坊ちゃん」

自分を責めるように言う新多の言葉に首を振った。

「自分は、側にいたのに気づきませんでした。坊ちゃんにご恩返しをしたかったのに、二度も助けていただいたんです」

希の未練を断ち切るような見事な去り際で、希を置き去りにした。今さら取り返しはつかないけれど、もしも資紀にまんまと騙されて、気づかないまま資紀を憎みつづけていたらと思うと、今でも鳥肌が立つくらいゾッとする。

「俺一人救ったって、戦争は何も変わらないのに――……」

資紀が特攻に行くことで、希一人分多く助けられたとでも思っているのだろうか。そんな馬鹿げた自己満足だとしたら本当に救われない。資紀の中の正義だけですべてを反故にして、こんな結果が残って、満足するのは資紀だけだ。

「たまたま旦那さんに選ばれた俺を、ご自分の命と引き替えに救ってくださったんです」

「希ちゃん……、もしかして」

新多が、怪訝な顔で希を見た。

「希ちゃんは知らなかったのか？　自分の身代わりならおまえを……琴平家の四男がいいって言い張ったのはアイツなんだ」

「え……？」

「学校も違うし、住んでるところも違う。学者の四男なんて、よくそんな家を知っていたなと思っていたんだだが」

「なんで……」

身体が震えはじめるのを感じながら、希は新多を見つめ返した。この期に及んでまだ、どことも繋がっていない秘密があるのか。

希は新多に、小さい頃、資紀に浜辺で助けられたことを打ち明けた。新多は悲愴な表情で話を聞いていたが、納得したようなゆるい苦笑いを漏らした。拳を口に当て、何度も何度も頷く。

長い息を吐き、昔の記憶を引き寄せるような声で新多は語りはじめた。

「兵学校のときにな、好きな人の話をしたことがあるんだ。アイツは女学校の生徒からも、その親からもモテモテだった。それなのに浮いた噂ひとつないから、心に決めた人がいるのか、って訊いたんだ。名前ははっきり答えなかったが、そのあと『初恋ひとつ守れずに、日本が守れるか』と言っていたな。『シリウスのように光る人だ』と、アイツにしちゃ上等な言いぐさだと感心したんだ」

「初恋……」

信じられない。

互いに幼かった。希は星のように輝きつづけるあの人に憧れて生きてきたけれど、まさか資紀も同じだったなどと、想像もしなかった。

今さら込みあげる恋しさに、希は堪えきれずに縁側に身を折り、床に手を握りしめて嗚咽を漏らした。身体のすべての細胞が、資紀を恋しがってさざめく。涙は落ちて切りがなかった。

新多はそれを宥めることをせず、夜空に輝く星を見上げて呟いた。

「そうか、おまえがアイツのシリウスだったのか」


朦朧と日は流れる。

放し損ねたルリビタキはまだ籠の中にいて、希が世話をしていた。希が寝込んでいた間は、以前餌を分けてもらったメジロを飼っている家で世話になっていたらしい。

希の手元に戻ってきたのは、移動する季節が過ぎた頃だ。

早く放してやらなければと思ったけれど、資紀が愛でたものだと思うと手放しがたく、何度も籠を開けようとして、できなかった。

希の身柄をどう扱うか決めかねている成重家は、希に仕事を与えようとしない。希は相変わらず裏屋敷の離れに隠れるように住んでいて、出かけるところといえば、裏に広がる田のあぜ道くらいなものだった。

あぜ道に出れば、航空隊の跡地が見える。東西に一二〇〇メートル、南北に一三〇〇メートル。広大に広がっていた一八〇〇メートルに及ぶ二本の滑走路は、一部を残してアスファルトを剝がされ、今はほとんどが田に戻っていた。遠くに細く立ち上る汽車の煙が見え、その向こうには、海と空の境がわからない、ぼんやりした青が広がっている。

希は、ルリビタキの籠を下げてあぜ道を歩いていた。餌になる虫を探してやるためだ。髪が伸びた。腕が細くなり、ずいぶん痩せたと思う。青い稲穂の中、幽鬼のように屋敷と田を、行き場なくさまようのが希の日課だ。

九月の稲の甘い香りの中、希は鳥籠を足許に置いて、ざわめく稲波の中に立ち尽くす。ずっと夢の中を歩き続けているようだった。何を見ていても誰が喋っていても何も心に届かない。

どこまで行けば夢は醒めるのか。歩けば歩くほどあぜ道は延々と続きそうで、心細さを覚え、とうとう一歩も踏み出せなくなった。

引き返したい。叶うなら、資紀のいるあの日まで——。

「……」

緑のにおいを乗せた風に頬を撫でられ、希は目を細めて顔を上げた。

稲が青々と一面を埋め尽くしていた。まだ青い穂を茎に含んだ瑞々しい緑だった。

もしも稲穂が琴ならば、きっと見事に鳴るだろうと思うくらい、稲波は遥か向こうから海へ向かって絶え間なく波打っている。

――希。

稲のざわめきがあの人の声で希を呼ぶ。

――希。

空耳さえ逃すのが惜しくて、両耳を塞ぎしゃがみ込もうとしたとき、ルリビタキの籠の入り口が、畦草に引っかかって持ち上がっているのに気づいた。ルリビタキは、ちょんちょんと止まり木を飛んで、入り口の枠に足をかけ、あたりを軽く見回してぱっと飛び立った。

あっ、と右手を伸ばしたが、鳥を摑むための手のひらはない。

呆気ないできごとに、希は呆然と空を見上げた。

ルリビタキは、せわしなく羽ばたき、すぐに青空にとけ込むように消えていった。

夏の九州にはルリビタキはいてはならない。

あの鳥ももう、戻ってこないのだ。

青空を見上げて希は立ち尽くした。

戦争は終わった。

突然、実感が湧いた。

資紀はもう、帰ってこない。

希は一面の平野に波打つ青い稲の中に立ち尽くして泣いた。涙でぐしゃぐしゃに景色は揺れても空だけはただひたすらに青く、青くそこにあった。

戦争は終わり、資紀はいない。

あの人はいなくなってしまったのだ。

† † †

希は、仕事を始めた。

屋敷のほうにはけっして顔を出さないからと、困り顔の林に約束して裏方に紛れこんだ。

掃除に釜焚き、できる範囲の仕事からはじめることにした。

髪も切ってもらった。丸坊主ではなく、戦後はもみあげをそり落とさず、まん中より少し左か右で分けるのが流行だということだったからそうしてもらった。

「希さん、あまり無理をしないでね」

土間で竈に薪をくべていた希に、框の上から光子が声をかけた。光子は相変わらずで、戦後、一握り残った家人に交じり、『井本大佐の右腕』とからかわれながら元気に働いていた。気が回るのも相変わらずだ。最近、言うことが姉の素子に似ている気がする。少し心配性なところもだ。

希は、首にかけていた手ぬぐいで軽く頰を拭ってから、光子を振り向いた。

「もう怪我ではないんだから、このくらいしないと」

傷口は治った。これが今の自分だ。この身体で生きていこうと希は決心した。多くの戦傷者たちも傷ついた身体で新しい生活を始めている。自分も立ち直らなければと思っていた。今まで無意識に行ってきた些細なことができないのに戸惑うし、自分に何ができるのか、何をすればいいのかはまだわからないが、資紀が助けてくれた命を粗末にしてはならないと思う。少しずつ、できることを試してゆくのに成重の庇護はありがたかった。

「今日は焦がさないよう気をつけます」

昨日は釜の底を焦がしてしまった。薪をくべすぎだと林に叱られた。予科練にいる頃は飯炊きはうまいほうだと思っていたが、家の小さな釜の勝手はよくわからない。

今日こそ、と、思って火の加減を見る。框を降りてきた光子が、希の斜め後ろに立ったまま、ためらうように言った。

「希さん。女の私から言うのもはしたないんだけど……」

「大丈夫ですよ、いっぺんに薪を突っ込まなきゃ大丈夫だって、林さんが——」

「私と所帯を持ってくれませんか」

思わず竈の炎を凝視したあと、希はしゃがんだまま振り向いた。

「光子さん……」

光子は両手で手ぬぐいを握りしめ、俯いて立っている。

「私が働きます。希さんに苦労はさせません」

光子はそう宣言したあと、唇を縛り、なおきつく俯いた。

唐突な気がしたが、ふと、以前膳に載せられていた一輪の花のことを思い出した。桃色の鈴なりの花だった。

——花言葉が流行っているの。

あの花がどういう意味を含んでいたか、希にはわからないが、もしかしたらあれからずっと——資紀とこんなことがあったあともずっと、希を想っていてくれたのだろうか。

女性から、ましてや右手が不自由になった自分と添い遂げたいと言い出すのには、どれほど勇気が要っただろう。心の底から申し訳なく思ったが、希は頷くことができなかった。

希は立ち上がり、首から手ぬぐいをはずして光子と向き直った。

「光子さん。ありがとうございます。でもごめんなさい、俺には、想う人がいます」

それが誰だかわかってしまったようで、光子は泣き出しそうな顔で口を開いた。

光子に言わせてはならない。希はすぐに言葉を重ねた。

「一生、想います」

天球の彼方へ行ってしまった資紀を。

泣きだした光子に、希は改めて、ごめんなさいと謝った。光子の勇気と決心を思うと、尊敬といじらしさが湧いて、本当に自分にはもったいなく申し訳ないと思った。

夜になって希は一人、縁側に座り、資紀が残した星の紙を空と見比べていた。秋口のオリオンはまだ東の低い位置にあって、見えにくくはあったが光は明確だった。

夜空のオリオン。写し取ったように正確な形に点を打たれた紙。右手を無くし、星を映す海を無くした今では、天球儀のシリウスを見つける術はない。

希の右手は、今も資紀の側にいるのだろうか。

もし資紀と一緒なら、――なくした自分の右手が羨ましくて仕方がない。

†　†　†

「ありがとう。またおつかいに来てね」

店舗の框に用意した台の上で、希は紙の茶袋にろうそくを五本、燐寸（マッチ）箱をひとつ入れて子どもに渡し、続けて小さな手のひらにおつりを渡す。

おつりが足りていないように、手のひらと希を見比べる子どものやわらかい手に、希はニッケ玉を落としてやった。桃のような頬に挟まれた幼い口許がにやりと笑う。

「ありがとう！」

五歳になる近所の子どもだ。いつもおまけのあめ玉目当てでお遣いに来てくれる。

希は、子どもが出口のガラス戸を閉めるのを見守ったあと、ろうそくの紙箱の蓋を閉め、商品棚に戻した。

黒い板張りの店舗だ。上がり口には商品を受け渡すための長い台があり、奥の壁には煙草や雑貨の箱が詰まった棚があった。

柱に金文字で薬局の名が入った鏡がある。希の上半身が映っていた。

若い頃とあまり姿が変わらないと言われる希だが、髪も伸びたし、服も海軍の立て襟のシャツではなく、ゆるい開襟シャツだ。一番変わったのは右手だろうかと、鏡に映った手首から先がない丸い腕の終わりを眺めて思う。

終戦から八年。希は二十七歳になっていた。

六年前、昔実家があった場所の近くに店を出した。ろうそくと燐寸と煙草を扱う店だ。

小さな店で、通りに面したガラス窓から直接燐寸や煙草を売ることもできる。店の玄関にはガラスの引き戸があって、急ぎでない客はこっちのほうから、世間話をしながらろうそくや細紐、輪ゴムなどの日用品を買ってゆく。

終戦の翌々年に成重は、資紀の姉の子どもを養子に迎えた。それでも徳紀は希をけっして粗末にはしないと約束してくれたが、希はそれをきっかけに、成重の家を出たいと申し出た。

琴平の家は戦中に消防整備にかかって取り壊されていた。母は姉たちを連れて、父の疎開先の奈良へと向かい、終戦後は家族揃って東京で療養生活をしている。終戦の年の四月、療養中の希に、恒の戦死通知が届いた。酒瓶のラベルが遺品となった。光子は終戦の翌春、成重から縁談を勧められ、隣町へ嫁いでいった。

どこか家を借りて働きたいと、林に職の斡旋を頼んでいた希の耳に、たまたま入ってきたのが煙草の販売権利の話だった。煙草を販売するのには届け出と審査が必要だ。希が名乗り出ると、徳紀は喜んで保証人になってくれた。

大して儲からない仕事だが、希一人が食べてゆくには十分だ。

希は、居間に戻って蓮が描かれた小さな湯飲みにお茶を淹れ、奥の間に行って仏壇に供えた。小さな仏壇には位牌がなく、中には折りたたまれた紙がしまわれている。資紀が残したオリオン座の絵だった。

日を追うごとに点の濃さを増す紙を、希はときどき仏壇から取り出して眺める。今は心の中にしかない輝きを、一人で思い出しながら——。

希はお鈴を鳴らし、仏壇の前で一礼をして立ち上がった。お茶の残りをいただこうと、居間に座り直したときだ。

「ごめんくださーい！」

店のほうで男の声がした。聞き慣れない声に、希は座布団の横に置いてあった木型の詰まった白手袋を右手に嵌めて立ち上がる。傷痍軍人が多いから希の手など珍しいものではないが、見ず知らずの人間に根掘り葉掘り、失った理由を訊かれるのも面倒だ。

「はい、いらっしゃいませ。お待たせしました」

「お！　こんちは、旦那さん。売れ行きはどげんね」

声は忘れていたが、姿を見たらすぐに思い出した。のれんの下で希は相好を崩した。

「ああ、お久しぶりですね、そちらこそどうですか？　ちょっと待っててください」

ハンチング帽に、背中に大きな箱を背負っている。足は地下足袋で、斜めがけの袋をいくつも身体に巻きつけている。若い男だ。

「湿布のいいのを仕入れてきたけど、置いていこうか？」

帽子を脱ぎ、身体を倒して奥を覗くようにしながら大きめの声で男が言う。九州は福岡から、ときには下関を渡って山口県まで売り歩くという薬売りだ。年に三回ほど店に立ち寄っては、腹薬だの頭痛薬だの、置き薬をしてゆく。

「いいえ、湿布はいいです。喉の薬を置いていってってください。それから、そこの八百屋のおかみさんが、熊の胆がよく効いたから、また置きに来てくださいって言ってました」

返事をしながら、希は奥の間の棚から薬の入った木箱を出した。

「ははは。初めは『熊の胆なんか食えるか！』って怒られたんだけどね。な？　言った通りだろ？　うちの薬はよく効くってさ。旦那さんもどうだい。置いてみないかい、熊の胆。門をかまえた漢方薬医にかかったら絶対こんな値段じゃ手に入らないよ？」

「俺は内臓丈夫ですから、散剤でいいですよ」

「そうかい、じゃあ今回はお試しに下り止めが新しくなったからひとつ置いとくな？　効いたら次に使っておくれ。旦那んちは咳止めが減るね。多めに足しとくよ」

「そうしてください」

薬箱を覗きながら薬の用を伺う男の声に返事をして、希は奥でお茶を淹れて框に出した。

「お茶どうぞ」

「いつも悪いね。いただきます」

「今日はどちらから?」

「折尾から小倉ね。そっからずーっと山のほう通って、今ここだろ? このあとは安心院に行って日出から別府のほうに抜けようかな」

「そうですか。北九のほうはどうでした? ずいぶん空襲が酷かったって聞きましたが、まだ大変ですか?」

「ああそれがね、見違えるようだよ。日の出の勢いってやつだ。空襲で更地になっちまったから新しい建物がよくよく生えてね」

と言って薬売りは膝を打った。

「耕したところにゃ何でもよく生えるよ」

爆弾の雨で壊滅状態と聞いていた北九州の、以前にも勝る復興の様子を、薬屋は勢いよく語ってみせる。

そうですか、と笑って相づちを打つ希に、陽によく焼けた若い薬売りは「あ、そうだ」と思い出したように言った。

「旦那のところはろうそく屋だろ?」

「そうです。箱入りは三十本、一本からお分けしますすよ」

「いやいや、俺はろうそく点けられるようなとこには住めねえから」と薬売りは言って、湯飲みを取った。ずっと音を立てて茶をすすってから切り出す。妙な間があった。

「死体ってえのは、蠟で固めたら保存ができるもんかな」

「なんですか。物騒ですね」

「ああ、俺じゃないよ。お客さんがね？　身体の一部を保存したいからそういう薬はないもんか、と俺に訊くわけよ」

「はあ」

「うちは身体を治すのが仕事だから、死んだお人の薬までは知りません、って言ったんだけど、やれ消毒薬を塗ったらどうだとか漢方にそういうのがないかとか熱心なの」

「ホルマリンとか？」

「船来の薬は俺は専門外だよ。っていうか、見せてもらったんだけどさ、もうそのホルマリンってのにつけるほどもなく乾いちゃってて、ほとんど木の枝みたいなんだ。そういや何か、蠟で固めたらいいとかなんとか聞いたことがあったのを、旦那さんの顔見たら思い出したってわけ」

「さあ。そんなことは聞いたことがありませんが……。薬屋さんはその死体を見たんですか？　家の中に置いてあるんですか？」

「普段はどうだか知らないけど、大切そうに箱に入れてたよ。戦後はね、そういうのが多いんだ。空襲で亡くなった家族や戦友の歯とか髪とか骨の欠片とかね。その旦那さんが持ってたの

っていたい

は右手首の先でね。誰のか知らないが、よっぽど大事なんだろうねえ。どうしても保存したいって言って」

右手首の先と言われて、ぎくりとしながら希はそっと目を逸らす。それに気づかず薬屋は続けた。

「もうほんと、男の手か女の手かわからないくらい干からびてさ、でも表面は乾いてつるんときれいなんだ。手の甲にこういう風に」

自分の右手を目の前に翳しながら、左手の人差し指でちょんちょんと触っていく。

「ほくろが並んでるとこまではっきり見えてね、こう上にふたつ、まん中に揃って三つ。

「――……」

「何てったかな、星座の形さ。そこの旦那ってのがインテリ風でね。その手首を見せながら、大事そうに言うわけよ」

「――……オリオン……」

「そうそれ。おや、旦那さんも学がある人なんだね。戦争のあとは学がある人も――……」

「あの、その方のお名前は……！」

まさか、と思いながら希は身を乗り出して薬屋の肩を左手で掴んだ。

切り取られた右手にそんな形のホクロを持つ人間はそうそういない。だがもう八年だと希は自分に言い聞かせる。生きているならとっくに帰ってきているはずの年月だ。資紀であるはずなどない。でもどうしても問いたださずにいられない。万が一でも億が一でも。

　薬屋は驚いた顔で希を見た。そして人差し指で頬を搔きながら、視線を空に泳がせる。

「え？　ああ、何て言ったっけな。年は三十くらい、背が高くてね、品のあるすごい男前だよ」

「居場所を教えてください。お願いです」

　肩を摑んで懇願する希に、薬屋が困惑した顔をする。

「どうしたの、旦那さん。お知り合いかい？」

「お願いです。どうしても会いたいんです。お願いです」

　希は腿の上で、袖の下に隠していた白手袋を左手でぎゅっと握りしめて声を絞り出した。

「それは、俺の手首です――！」

　店にある金を搔き集めて汽車に乗った。白の開襟シャツにズボン姿。着替えもせず、靴も普段履きのままだ。

　――そうそうこれこれ。久賀資紀さん。住所は小倉のね――……。

　帳面を繰って薬屋は希に見せてくれた。左手で住所を書き写し、熊の胆と咳止めと湿布を買って、また来てくれと薬屋を追い出した。

生きていたならどうして帰ってこないのだろう。成重に連絡があったとは一言も聞いていない。それとも別人なのだろうか。でも、オリオンのホクロが打たれた右手首を持っている、『資紀』という名の同じ年頃の男が他にごろごろいるものだろうか。

なぜだか自分の手をうまく思い出せなくて、希は仏壇から掴み出した紙を、汽車の窓辺で何度も眺めた。

夕方の小倉駅は、気後れするぐらい人が多く、希は人の間に挟まるようにしながら駅を出た。小倉は都会で煉瓦造りのビルが並んでいた。石で整備された道路があって、人通りもある。大きな郵便局をすぎ、教えてもらったとおりに道を辿ると、ビルの裏側になる位置に、会社勤めの人々が多く住んでいそうな二階建ての集合住宅があった。長屋とは違う、煉瓦造りの箱のような建物だ。配管が建物の隙間を這い、屋根の上に湯気を出している。

教えてもらった住所はこのあたりだ。希はあたりを見回した。似たような形の新しい建物が多く、どこが入り口だかはっきりしない。大きな十字路から左に二つ目の建物の二階と言われても、どこからどこまでが同じ建物かよくわからない。

人に尋ねてみようか、そう思いながら、きょろきょろしていた希は、こっちに歩いてくる人影を見つけて目を瞠った。向こうも、離れた場所で立ち止まった。

背の高い男だった。背広を着ている。光る茶色い革の靴。頭をきちんと後ろに撫でつけ、襟にはネクタイが結ばれていた。

涼しい目元、通った鼻筋。軽く引き結んだ唇。

間違いない。——資紀だ。

「っ……！」

坊ちゃん、と叫んで駆け寄りたかったけれど、姿を目の当たりにして、希は我に返る。

何も考えずに、ただ会いたいばかりで駆けつけたけれど、迷惑ではなかったか。名字まで変えて新しい生活をはじめている資紀に、戦中、自分が手首を切り落とした男に会いに来られても嬉しいはずなどない。もしかしたらもう所帯を持っているかもしれない。

逃げ出すか、逃げ出す前に、一言何か言ってからにするか、言うなら何と——。迷う一瞬、どさりと地面に落ちる鞄が見えた。そしてこちらに踏み出す靴が。

「！」

背骨が折れそうなほど、強く抱きしめられて呆然とする。背中に爪を立てられ、肩が軋むほど掴まれる。

彼も言葉が出ない。震える呼吸の音が、今にも止まりそうな苦しさで繰り返されるのが耳元で聞こえた。

「坊ちゃん。……資紀坊ちゃん……！」

名前を呼んでも、抱きしめる腕に力がこもるばかりで返事が返ってこない。間違いではない、間近で見なければわからないくらいの奥二重、きれいな歯並びも。

「申し訳ありません、坊ちゃん」

ひと息に、別れた瞬間に戻ったような気がした。資紀の心も知らずに資紀を憎んだ、愚かしい自分を真っ先に詫びた。ずっと、ずっと八年前のあの日のことを謝りたかった。

資紀は希の首筋のところで押し詰めた息を長く吐いている。ぽつぽつと、肩を叩く雫の音が聞こえる。資紀は往来で希を抱きしめたまま、声も上げずに泣いていた。資紀が泣くとは思っていなかった。震えるくらい激しい泣きかただった。こんなに泣く資紀を初めて見た。

優しい人なのだ。本当に。

資紀の痛みは、この手首の傷以上の苦しさで、長くこの人の中にあったのだ。

希は、しがみつくように抱きしめてくる資紀の腕の隙間から手を差し込み、資紀の震える背をおそるおそる抱き返した。そしてゆっくりと力を込めて抱きしめた。

「坊ちゃん――……」

こんなに心細く優しい人を、どうして自分はひとときとはいえ、恨んだりしてしまったのだろう。

資紀は、希を自宅に招き入れた。箱のように四角い煉瓦造りの建物で、建物の端についた階

段を上り、資紀はドアの取っ手に鍵を挿した。

道路から部屋に辿り着くまでの短い道すがら、特攻に失敗し、米軍の捕虜になって、終戦後小倉に戻ってそのまま住み着いたと聞いた。

今はここの近くで印刷会社を起業して、冊子やチラシを刷っているという。暦の売れ行きもよく、復興景気に乗って経営は順調ということだった。

洋風の部屋を希は珍しく見回した。中は板張りで、部屋の中央に丸い木のテーブルと椅子があり、両開きの扉がついた棚に絵皿が立てかけられている。丸い鏡がある。まるで西洋人の家のようだ。

資紀は、テーブルの椅子に座らせて希を待たせると、奥の部屋から木箱を取り出してきた。干からびた手首は綿を敷き詰めた桐箱(きりばこ)に、香木か何かのように収まっていた。薬屋が言った通り、つやつやと光るくらいの飴色(あめいろ)で、まさに皮と骨だけだ。皮膚が滑らかな分、手の甲のホクロが際だち、よく見ると爪の形が左手と同じだった。希は苦笑いで手首と資紀を見比べた。

「久しぶりに見ます」

これで右手首とも再会だ。資紀も困ったような顔をした。

一度席を立った資紀が、奥の台所で珈琲(コーヒー)を淹れてテーブルに戻ってきた。資紀にお茶を出してもらうなどできないと慌てたが、勝手がわからないので甘えるしかない。

「突入の寸前に、エンジンを撃たれた」

資紀はテーブルの上で珈琲カップを希に差し出しながら、串良(くしら)を飛び立ったあとのことを簡単に話した。

特攻の日、資紀の突入の略譜は確かに送られていた。戦果を見守る役目の直掩機(ちょくえんき)が、突入のために機体を傾ける資紀の特攻機を確認している。だが、その日の戦闘は激しく、直掩機自体も多くが撃ち墜(お)とされていて資紀の戦果は確認されていなかった。生き残った直掩機が全体の戦果を把握し、突入の宣言があった者、残骸が確認された者、帰還しなかった者を特攻と認定した。

「制御を失い、敵艦の直前できりもみになって、海に落ちた。機体が分解したのがよかったんだろう。ほとんど無傷でな。捕虜になって、ウルシーで二ヶ月」

淡々と資紀は語るが、どれほどの波瀾(はらん)の日々だっただろう。

「通訳の仕事を割り当てられて、ときどき嘘(うそ)を答えながらホノルルでひと月」

資紀は苦笑いをした。

「お嫌だったでしょう」

潔癖で正義感の強い資紀だ。捕虜の身とはいえ、日本軍を裏切るのはさぞ苦渋のことだっただろう。わざと間違えた訳を答えるのも、プライドに関わることだったに違いない。

「好きではなかったが、通訳の仕事をすれば、これを米軍に渡さずに済むと言うから」

皮肉な笑みを浮かべて、資紀は桐箱に入った希の手首を見る。

「捕虜の間もご自分で持ってらしたんですか？」

立ったまま喋る資紀を呆れた顔で希は見上げた。

「ああ。ご神体だと言い張った。米軍が、異教徒の信仰を慮ってくれるのを知っていたからな」

「そんな……」

今なら枯れ木のような手首は確かに仏像らしい趣があるが、当時はもっと生々しかっただろう。だが切った手首を熱心に拝んでみせれば、米兵だって信仰とは別の意味で、気味悪がってそれを取り上げようとはしないかもしれない。

「うまく乾燥してくれたからよかったが、腐敗したら焼いて骨にするしかなかった」

資紀は、手首を眺め下ろして苦笑いをした。

「渡したくなくて必死だったよ」

「坊ちゃん……」

想像がつかない。資紀が滑稽な嘘までついて、自分の手首を守ろうとしたなどと。

彼はため息をついて話を続けた。垢抜けた横顔だった。男らしさが際だつくせに、清潔な視線は昔のままだ。切れ長の目じりが、涙のなごりで少し赤い。

「誤訳の割合になかなか苦労したが、彼らは紳士的で、……終戦はすぐだった」

「どうして戻ってきてくださらなかったんですか？」

解員後すぐには無理だったかもしれない。でも、もう終戦から八年だ。資紀が生きていることを、徳紀たちは知らない。七回忌のとき、希の店にまで顔を見せに来てくれた新多もそうだ。新多は親友が残したつけを払うように、季節ごとの連絡を欠かさず、希を見守り続けてくれている。

「生き延びる予定がなかったからだ」

簡潔に資紀は答えた。

「日本に戻っていろいろなことを考えたが、大分には戻れないと思った」

「どうしてなんですか。誰も坊ちゃんを責めたりしません。終戦後でも電報ひとつ、送ってくだされば迎えにきました」

特攻の失敗を恥じているとしても、戦争は終わった。希の手首を切り落とした理由もわかっている。感謝こそすれ希は少しも資紀を恨んでいない。あの騒ぎを知っているのも、あのとき裏屋敷にいた者たちだけだ。誰も資紀を貶(おとし)めたりしない。実名がむずかしければ暗号でもよかった。新多が送ったあの唄(うた)を、無記名で送ってくれたら希は資紀を必ず捜し当てた。もしも生きているとわかったら日本中でも捜したはずだ。何年かけても、死ぬまでだって。

責める目で見つめる希を納得したように眺めて、資紀は、自分の考えは間違っていなかったというように穏やかに首を振った。

「俺のことはどうでもいいんだ。俺が生きていることで、おまえが誹(そし)られるのが嫌だった。おまえは何も悪くない。俺が成重に戻れば、おまえの居場所がなくなってしまう。あの家の『坊ちゃん馬鹿』っぷりは俺が一番よく知っているからな」

「そんな」

希の手首を切り落として資紀自ら特攻に行ったのも、大分に帰ってこられないのも希のためだというなら払う犠牲が大きすぎる。

「坊ちゃんが帰ってきてくださったら、俺は何と言われてもかまわなかったんです。俺が坊ちゃんの前から消えてもよかった」

資紀が生きて帰ってくれれば、屋敷の人間は手のひらを返したように資紀を庇い、希を責めるだろう。資紀の慰み者として、痴情のもつれで右手を失い、特攻に行けなかった者として、後ろ指をさされる日々を過ごしたかもしれない。

「俺がいなければおまえは一生、俺の代わりだ。おまえを大切にしない父じゃない」

息子が犯した暴力を、希にすまないと言って徳紀は一生希の面倒をみてくれると約束してくれた。それも資紀の計算の上だったのか――。

痛いくらいの資紀の愛情に何も言えなくなりながら、ただ彼を見つめるばかりでいる希の頬を資紀が撫でた。壊れものをいとおしむように、そっと触れてくる手だった。

「それに、俺はおまえを生かすために特攻に行った。すべての報いはおまえが今もどこかで息をしている、それだけで事足りた。俺まで生き延びていては、軍人の義に反し、戦友たちにも申し訳が立たない。まして元の家に帰って暮らすなど」

「そんなことはありません」

希は立ち上がって、資紀のシャツの脇腹のあたりを掴んだ。

「旦那さんも奥さんも、坊ちゃんが亡くなって……、どれほど悲しまれたか——」

あれきり、二度と資紀の母と会うことはなかった。徳紀は戦後すぐに大分に帰ってきたが、初めて挨拶をした日の脂ののった威厳はなく、別人のように痩せて老け込んでいた。

資紀は答えず、静かに希を抱きしめた。

「希。俺を恨んだだろう」

「坊っちゃん……?」

資紀は、言葉が途切れるのを怖れるような早口で言う。

「特攻隊が編成されると聞いて、俺は自分で行くつもりでいた。身代わりもいらないとさんざん拒んだ。だが、おまえが必ず特攻に行かなければならないと知ったとき、おまえを行かせないためにならなんでもしようと思った。父を、新多を欺き、おまえを騙さなければならなかった。俺ですら、いくつ嘘をついたかわからない——」

最後はほとんど独白のような呟きだった。当時の資紀の煩悶が伝わってくる声で思惑を打ち明ける。

そんな辛い決心を誰にも言わずに一人で抱えていたのだ、資紀の恋を——希の命を守るために。希が無邪気に身代わりになれると喜んでいた陰で、資紀はどれほど苦しんだのだろう。今さら知る資紀の想いと決断が、申し訳なく、そしてかわいそうで、希は宥めるように資紀の背中を左手で抱いた。

資紀が希の右腕を下に撫で下ろし、手袋の上からゆっくり手首を握ってくる。

「あのときは、ああするしかなかった。だがこの手のことは、本当に悪かった。痛かっただろう」

希を片手で抱きしめたまま、呻くように言う。

「きっと幸せに暮らしていると思った。大切にされていると信じていた。一生会わない覚悟でいた。それが俺が払うべき代償だ」

家に戻らず、妻も娶らず、干からびた右手を側に置いて、生涯一人で過ごす覚悟でいたと資紀は言う。

「だが、こうして会えたなら、一生をかけて償いたい。おまえを逃がすためとはいえ、惨いことをした」

「償いなんて望んでいません。坊ちゃんの気持ちは、わかりましたから」

小鳥を殺せない人が、手首を切り落とすのはどれほど強い決意が必要だっただろう。資紀が希を想ってくれていたとしたらなおさらだ。これほど資紀を愛していても、同じことができるかと言われれば無理だと希は言うだろう。資紀はそれを超えたのだ。希を救うために命も、名誉も、その先の一生も捨てた。医者が迷いのない切り口だと言っていた。あのときは、それほど自分は憎まれていたのかと希を絶望に追いやった理由が、一心不乱の一刀であるなら、それは資紀の想いでしかなかった。

「痛みは忘れました。でも、恋しさは初めてお目にかかってから二十二年間、忘れたことがありません」

「……もうそんなに経つか」

「はい」

感慨深げに言う資紀に、希は頷いた。

恋に落ちてから二十二年だ。八年間、希が一人で過ごしていたときも右手は資紀の側にいた。心もずっと資紀の側にあった。星の輝きは、ひとときたりとも絶えることはなかった。

「やっぱりこっちがいいな」

不器用なことを言って、資紀が希を胸に深く抱きしめる。

「側に来てくれないか。一生の覚悟で会わないつもりでいたのに、おまえを見たらもう我慢ができない」

耐えていた辛さが噴き出したように、資紀は囁いた。

「死ぬまで、おまえに与えた痛みを癒したい。ひどく当たるしかなかった時間を取り戻したいんだ。戦争が終わったというなら……始めることができるなら」

「坊ちゃん」

恨んでいないと告げたくて希が開いた唇を、資紀は唇で塞いだ。そのあと資紀はひどく辛い声を出した。

「本当に、悪かった」

「いいえ――」

希は資紀の顔を見つめて首を振った。

シリウスから八光年。

あのときの星の光が今届く――。

希は両腕を差し伸べ、資紀の首筋を掻き寄せた。

「もしも俺に手首があったら、坊ちゃんが生きていたことを知らずに、坊ちゃんを追ってきっと空へと飛び立っていました……！」

奇跡を待てずに死んでいた。飛び立つ空に、資紀がいないと知らないままに。


持てなす用意が何もないと言われたので、希は「駅の待合室に行く」と答えた。汽車はもう終わっている時刻だし、旅館に泊まるには金が足りない。今日は資紀が生きているとわかっただけで十分だった。

「明日の朝、もう一度出直してくる」と言うと、「泊まっていけ」と叱られた。そのあと「ベッドは一台しかないが」と囁かれた。

照れくささで死にそうになりながら、希は資紀の申し出をありがたく受け入れた。目が合うたびに口づけられて、予想される夜のできごとが、気恥ずかしくてならなかった。

近くの食堂に夕飯を食べにゆくことにした。都会は、こんな遅い時間でも店が開いているのだそうだ。

「こんな格好で、おかしくありませんか」

ほんとうに普段の格好だ。近くにある蕎麦屋に行くことになったが、夜になっても収まらない人通りを見ると不安になってくる。

「かまわないだろう」

何を心配しているかわからないといった資紀の声音に安心して、希は頷く。

蕎麦など予科練のとき以来だ。九州では蕎麦屋は珍しい。相変わらずしゃれた人だと思い、今日は埃まみれになる仕事はしていないと考えながら胸元を叩いたとき、かさっと紙の音がして、希は歩きながら胸ポケットから折りたたんだ紙を取り出した。

星が描かれた紙だ。折り目がずいぶんくたびれて黄ばんでしまったが、資紀が打った黒点は年月を経てなお鮮やかだった。

希は紙を開いて資紀に見せた。

「懐かしいでしょう」

「まだ持っていたのか」

資紀は紙を受け取り、大して眺めもせずに希のポケットに挿して、希の肩を抱き寄せる。

「坊ちゃん」

「おまえはあれでも見ていろ」

往来で抱き寄せられて慌てた声を出す希を黙らせるように、資紀はすっかり暮れきった夜空を見上げた。

天高々とオリオンが見える。三連星から導かれるシリウスも。

希の頭を、資紀の手がいとおしそうに抱いて、自分の肩に押しつけた。

「俺のシリウスはここだ」

心を映す海を、希は取り戻した。

資紀の胸の潮騒が聞こえた。

サイダーと金平糖

天狼(てんろう)刷版から出ていく業者はおよそそくさとしている。

「それではどうも」

「ご連絡をお待ちしています」

希(ゆき)がドアの前で依頼主のミシン屋を見送ると、ミシン屋は慌ただしそうな笑顔を見せて、挨拶もそこそこに去っていった。

資紀(もとのり)と面と向かうと、大概の人間が緊張するらしい。元海軍大尉——終戦時に特攻の航空特進、全軍布告で中佐になったのだが——のなせる業か、旧家の威厳がすることか、たんに資紀の顔が怖いのか。だいたいどれもだろうと希は思っている。

小倉より前の身は捨てたのだと資紀は言う。

ハワイで終戦を迎え、捕虜から解員して小倉に着いた資紀は無一文だった。全財産といえば枯れた手首だけ。それから生きるための資金を一から稼ぎ、余った金を貯(た)め、それを運用するとともに、たまたま人と運に恵まれて、小さな印刷所を始めた。それが今の資紀の経歴のすべてだと言った。

身元が明らかになるのを怖れている資紀は、戦中の話題にも慎重だったし、言葉の端々に実家の歴史や裕福さをちらつかせることもない。だが立ち居振る舞いはどう見ても士官のものだし、ちょっとした好みがいかにも洗練されて風流だった。資紀は人にかしずかれ慣れている人間だ。いくら頭を低くして誠実に努めても、旧家の長男としての生活や、エリート集団と名高い兵学校出身者のプライドや、資紀の身のこなしはどう見ても民間出身ではない。黙っていても匂い立つのだ。資紀自身は気づかない。

雰囲気だけでも気後れするのに、資紀は考え込むと眉間に鑿で彫ったような皺を刻む癖がある。大概の人は怖がる。資紀が怒っていなくても、客人が悪くなくてもおかしな雰囲気になるのだった。商談が始まると、大体の人がだんだん資紀の様子を窺うようになり、時々食ってかかってくる人がいるが、それこそ資紀の冷淡な返り討ちに遭うのだった。短く矛盾を突くのだから、助け船を出す暇もない。資紀に敵意や悪意がないからどうしようもない。

社長がこんなふうでも次々と仕事が舞い込むのは、ひとえに真面目な仕事ぶりゆえだ。『スマートで、目先が利いて几帳面。負けじ魂、これぞ船乗り』と江田島の海兵学校では教えられるというが、資紀の仕事はまさにその通り誠実で几帳面だった。依頼者の希望をよく聞いて、手間を惜しまない。新しい構図の研究も怠ることなく、いい壁張りがあると聞けばどこへでも見に行く。お陰でどのチラシも壁張りも評判がよかった。最近はわざわざ関西から人が訪ねてくるほどで、さっきのミシン屋も京都から来たということだ。大々的に新しいミシンを作るから、店に貼る壁張りを印刷してほしいという。

もっと資紀をよく知ったら怖いばかりの人ではないとわかるのに、とため息をつきながら、希は事務室の前まで戻る。

ドアを開けると同時に、きゃあ、と女性の華やかな声が上がった。びっくり箱を開けたような様子に、なんだろうと覗いてみると、机の端で包み紙と箱の蓋を持ち上げて女性二人がはしゃいでいる。先ほどのミシン屋が持ち込んだ手土産の箱だ。

「どら焼きだわ。きんつばかしらこれ」

「羊羹（ようかん）のほうがいいわ」

会社の女性二名は若く、今時流行の労働婦人だ。短い切り髪に、片方はパーマネントを当てている。男性に勝るとも劣らないくらいはっきりとしていて、よく働く。資紀の前で明るい声を上げられるのも彼女たちだけだ。

「菓子なら分けてしまえ」

一番奥の机で、窓を背に難しい顔で刷り出し見本を捲（めく）っていた資紀が言った。声が少々低い。うるさがっているようだ。

「わあ。金平糖（こんぺいとう）も」

「きれいですよ、社長！」

希の姉や光子（みつこ）を思い出すような明るい声で言って、彼女たちは資紀を振り返った。

「……見せてみろ」

やはり見本を眺め下ろしながらため息をついて資紀が言う。あまりにうるさいので、一目見てやらなければ落ち着かないとでも思ったのだろう。

箱からは竹の皮に色の紐、千代紙の飾りも見えている。資紀は差し出された箱の中からひとつ小袋を摘まんで、残りを全部彼女たちに戻した。

「男にも分けてやれよ？」

「もちろんですよ！」

「私たち、そんなに欲張りじゃありませんよ、社長」

資紀の不機嫌もどこ吹く風だ。彼女たちはお手玉のように、机の上に色とりどりの菓子を広げて数を数えはじめた。微笑ましいというか、逞しいというか。

資紀は何を摘まんだのだろうと思いながら希は机についた。三時を回る頃、熱いお茶と、きんつばがひときれ回ってきた。

これが天狼刷版の日常だ。

シリウスの別名は、天狼星と言った。


資紀はだいたいどこに行っても難しい顔をしている。図書館に行っても映画館に行っても買い物に行っても、こうして馴染みの蕎麦屋に来ても、明日、持ち株ぜんぶが大暴落をするのを知りながら黙っていなければならない男のように、常に厳しい顔をしている。

希は、一杯引っかけられる気安い蕎麦屋の赤提灯(あかちょうちん)に照らされる資紀の眉間を見ながら、その背広の肩に続いてのれんをくぐった。

毎度！　と威勢のいい声がする。そして蕎麦屋のオヤジは必ず一瞬黙る。資紀が険しい顔をしているせいだ。そして後ろに希を見つけて、ほっとした表情をしたあと、いらっしゃい！　と言ってくれるまでが一揃えだった。蕎麦屋のオヤジにいらない気苦労をかけているようで申し訳ない。

「蕎麦をひとつ。今日の刺身を二皿と、冷やを」

「へい。鯵(あじ)と紋甲(もんこう)ですが」

「それでいい」

いつもの注文を告げて狭い店内を歩く。

坊ちゃん坊ちゃんと大事に育てられ、広間に膳で育った資紀が、酔っ払いと並んでカウンター席に座るのにはびっくりしたが、資紀は「小倉に来てから覚えた」と言っていた。端々に聞き止めるところによると、相席で何度か困った経験があるらしい。資紀が相席を申し出たのか、申し出られたのかわからないが、一人のときはカウンターが気楽だと思ったようだった。

カウンター前を通り過ぎるとき、料理を手伝う若い男が資紀を見て緊張した面持ちになる。

確かに怖いけれど、と、希は誤解を受けがちな資紀の背中を眺めながら気の毒に思った。資紀は不機嫌なのではなく、もともとあまり笑わないのだ。よほどおかしいときにだけほんの少し笑う。機嫌が悪ければあからさまに悪い。声を上げて笑う資紀など、希でさえ見たことがなかった。

でもほんとうに優しいのだと思う希の目の前で、資紀はカウンターの椅子を引いてくれた。自分はその奥に座る。希が左手に鞄を提げていたからだ。右手首から先がない自分が椅子を引くためには、一度鞄を椅子に置くか、持ち直すしかない。こういうささやかな気づかいを常に見せてくれる優しさに、誰も気づかないのは資紀が気の毒だと思う。

「ありがとうございます」

希がそう言って、資紀が座るのを待つと、資紀は何のことかわからないような顔をして椅子に座った。

「はい、お待ち。冷やと刺身ね」

カウンターごしに皿とコップ酒を差し出して、大将が急いで去ってゆく。尖ったつまと大葉の上に盛られた、身の厚い紋甲と、飾り包丁が入ったピカピカの鯵だ。

資紀の顔が整いすぎているのも、不機嫌を際だたせる要因になっているのだと希は思っている。無表情なだけでも不機嫌そうに見えるし、眉を寄せる癖があるから睨まれているように見えなくもない。

資紀は筆入れのような箸箱から、箸を二膳取って、一膳をついでのように希に渡してくれる。箸箱が希の右側にある日は必ずそうしてくれる。

希は蕎麦と刺身を食べた。資紀は気味が悪いと言ったが、蕎麦が白米の代わりだと思えば希には普通に思える。資紀は、刺身と酒で落ち着いてから、最後に蕎麦を食べるのが常だった。帰るときは、資紀がぱっと希の鞄を持ってくれた。希が自分の椅子の始末をし終えると、希の鞄とともに、資紀の鞄も希に預けられる。だいたいいつもそんなふうだ。

「ありがとうございます」

熱くなる恋心を抱えて資紀に言うと、資紀はやはり意味がわからないといった顔をして、「ごちそうさまだろう」とゆるやかに希を咎めるのだった。

帰宅した資紀が、すぐに着替えずに居間のソファに身体を投げ出すときは酔っている証拠だ。資紀は酒が強く、コップ二杯で正体がなくなってしまうようなことはないが、疲れているときや寝不足のときなどは、たまに酒が回るらしい。

「お水をお持ちします」

三人掛けの大きなソファでネクタイを緩める資紀から上着を受け取りながら希は言った。けっこう酔っているようで、資紀はずるずると身体を倒し、肘掛けを枕に、ソファに横になった。ここのところ三日くらいほとんど眠っていない。電化製品の発売も暦の発売日も待ってくれないと言うが、そろそろ一度休んだほうがいい。

続けてネクタイを受け取ろうとした左手を引かれ、希はとっさに右手をソファの背につこうとしたが、それも握り止められて、資紀の腹の前に座るしかなくなってしまった。

ソファの縁に腰かけ、資紀を上から見下ろす姿勢になる。

眺めていると資紀は、右手首の先に、酔いで熱くなった唇を押し当てた。

「どうなさったのですか。坊ちゃん」

資紀は、未だにこの手のことを申し訳ないと言うし、過敏なくらいに労ってくれる。でも資紀には話したはずだ。資紀が希の手首を切り落とさなければならなかった事情は、希自身、誰よりもよくわかっている。恨んでいない、ありがたく思っている。この命と今の幸せの代償だ。戦争末期、誰かが命を捨てなければならない状況で資紀が弾き出した、最少の犠牲だった。資紀の決断がなければ、この世界の何もかもを希は失うところだったのだ。

資紀はわかったと言ってくれ、痛みや悲しみの分、これから先、一生をかけて幸せにすると誓ってくれた。

資紀は、希の手首にまた静かに唇を押し当てながら、懐かしむような声で言う。

「好きだった。……いや、今も好きだが、おまえのここについている頃の、星のある手が」

「……はい」

希は苦笑いで答える。誰だって干からびた手首より、自然に生えている手首のほうが好きだろう。残念なことだが、極限の判断で切り落とさざるを得なかったから、そうしただけだ。

いつか繋がると信じているかのように、今もそれを大事に持ち続けていること自体が、資紀が罰を欲しがっているようで憐れに見えた。手首の本体——希本人にとっては最早爪や髪と同じだ。あれがどうなろうと今さら痛むわけではないし、燃えるなら燃えてもいいと思っている。

「好きだったな、ほんとうに」

酔っているな、と希は緩く笑った。資紀は事実は遠慮なく話すが、自分の気持ちを話すことなど、酔ったときくらいなことだ。

水を、と思ったけれど、手を振りほどくのがかわいそうだ。資紀のなすがままに預けていると、彼はぼんやりした声で言った。

「あの頃は何もかもうまく行かなくて、途方に暮れていたんだ」

あの頃とはいつだろう。幼い頃から神童で通っていた資紀だ。

「坊ちゃんにうまく行かない時期などあったのですか？」

出会った頃から揚々と天を翔るようにしか見えなかった。そんな資紀に、少しの曇りも見たことがない。

資紀は、希の左手の指を弄びながら、緩やかな口調で答える。

「父が言うことは全部理不尽に聞こえた。なぜ俺が多くの他人の責任を持たされて、こんなに勉強しなければならないのかと。二言目には『成重の家が』と言う。俺のことはどうでもいいのかと思っていた。自由でありたかった。肩の力を抜きたかった。天文の教科書ではなく、俺だけの光が欲しいと思って空を見上げても、難しい星の名ばかりが目に映るようになっていてな。勉強しすぎの弊害だ」

――『シリウス』?

希の言葉を問い返した、幼い資紀の声が耳に蘇る。今思えば資紀はよほど頭が良かったのだろう。あの頃の資紀は九歳だ。予科練に入るまで、希は他人から星の名どころか星座の名も聞くことは、ついぞなかった。

「小作たちのために名を上げ、家のために妻を娶り、子を増やし、家督を継いで、漠然とした責任という他人のために生きていくんだろうなと思っていた。俺には俺だけの宝物など一生持つことは許されないのだと」

資紀が得た栄華は、地元と小作たちのためのものだ。資紀という名を知らなくとも、『成重の嫡男』といえば、誰もが彼の昨日の居場所まで知っていた。そもそも資紀にとって栄華とは何なのか。自分をすり減らしてまで何を得るのか。期待と責任と不自由。それは透明な籠のようなものだったのかもしれないと、彼が拾ってきたルリビタキのことを思い出す。

資紀は、小さな笑みを浮かべながら呟いた。

「――そんなときにおまえに出会った」

遠く、懐かしそうな声音で資紀は言う。

「小さくやわらかい手を俺に見せながら、シリウスの話をした。幼稚な声で、宝物のように星の話をするから、俺まで星が欲しくなった」

「ほんとうに、あのときのことを覚えておいでなのですか？　坊ちゃん」

自分が覚えているのだからおかしくはない。希には天地がひっくり返るくらい特別な思い出だ。だが資紀にとっては、通りすがりに子どもを助けたことなど、日々流れてゆく出来事のひとつでしかないと思っていた。

「ああ、おまえが忘れても俺はな」

自慢げに資紀は言う。そして、衝撃の出来事を打ち明けたのだった。

「実は、あのあと、おまえの家のまわりをこそこそしてしまった」

「えっ」

「どうしても、もう一度、おまえに会いたくて」

資紀は冗談には聞こえない声で言い、真面目に憂いた声を出す。

「書生に迎えたいと父にねだろうと思ったが、おまえは小さい。早く大きくならないかと玄関先に餅を置いたこともある」

「あれは……坊ちゃんだったんですか……」

浜辺でのことがあって、ひと月くらいあとのことだったか、琴平家の玄関に突如、餅が置かれた事件があった。

小さな鏡餅ほどもある立派な餅だ。正月でもなかった。玄関の上がり口にひとつ、餅が置き去りにされていて、誰かの忘れ物だの、父への差し入れだの、勉学に励む大への激励だの、はては毒入り餅かと心配し、恒は鞍馬天狗が置いていったと騒いだ。結局持ち主も置いた人間もわからなかったが、ありがたくいただくことにした。毒は入っていなかった。あのあとも餅を置いた人間は判明せず、琴平家の不思議話のひとつとなった。

あれは資紀の仕業だったというのか。びっくりしている希を無視して、資紀は気怠い声で続けた。

「ああ。それで、なんとかおまえに会おうと、家のまわりをたびたびうろうろしていたら、おまえの姉上に気があるのだと思われて、会えるように取りなしてやると友人が滾ったもので、慌てて止めたよ。それ以来、覗きに行くのも難しくなってしまった。ほんとうに余計なことをしてくれた」

「そんな……」

信じがたいというか、自分が知らないところで何が起こっていたのかと思うと、今さらながらに震えがきそうだ。

「だがしかし、無事におまえを呼び出せたところで、遊ぼうというのもおかしいし、成重の家に誘って菓子を食べさせたところで、俺もどうすればいいか、その先の想像がつかなかった」

「そう、ですね……」

「絵本を読んでやるか、独楽を回して見せてやるのがいいか、そこはいいんだ、そこは。家におまえがいるという状況をつくり出すのが至難でな」

「はい」

何がいいのだろうと考えるが、資紀の思い出話が意外すぎて、希にもなにも答えられない。五歳の自分が成重家に招かれ、資紀に独楽を回してもらう。——五歳の自分はありがたみもわからず普通に喜んで、きっと今の希を卒倒させる。

「それでな」

と言って、資紀は、思い出したようにソファに立てかけていた鞄から小さな菓子の包みを出した。酔って少し乱暴な手つきで和紙の袋を破ると、中からぱっと音を立てて何かが散らばった。目で追うと水色の金平糖が五個ほどソファに落ちている。

資紀は、腹のところに転がった一粒を指で摘まんだ。

「翌年の正月に、海軍省にいる叔父からサイダー味の金平糖をもらったんだ。これを星座のように並べてみせてやったらきっと喜ぶだろうと」

「坊ちゃん……」

ああこれを見て、昔のことを思い出したのか、と得心する希に、資紀はぽろりと続きを吐き出した。

「二年も手元に持っていた」

「……金平糖を、ですか？」

「そうだ。最後は白く濁って、溶けてしまった。夏に」

二年も持っていればそうなるだろうと、言いたいやら呆れるやら、だ。

「父が尋常小学校に激励に行くと聞けば、父に供を申し出た。万が一にもおまえの顔を見られるかもしれないと思ったからだ。兵学校に行く日、見送りに来てくれたのがいつまでも嬉しかったな」

「気づいてらしたんですか?」

「当たり前だ。俺は三百メートル先のカモメの嘴の色が見える」

よくわからない自慢をしたあと、資紀はふう、と息をついた。

「我ながらいじらしいな」

「いじらしすぎて涙が出そうです」

今日はここで資紀を休ませようと希は思った。寝室から毛布を持ってきて資紀の下半身にかける。ソファから窓の星を見ながら、ぽろぽろと零される彼の昔話は、あの日のままの輝きと懐かしさに満ちていて、とりとめのない話を聞きながら希は何度も泣いた。幸せで、懐かしい涙だった。

また浜辺の話になった。あんなところに手を突っ込むのは馬鹿だと、二十年以上も前のことを叱られた。

「おまえの家のような母がいるとは思わなかった。なりふり構わず浜辺を走ってきて、子どもの心配をする母親など、ものがたりでなくほんとうにいたんだと」

「普通の母ですが」

愛情深い人ではあったが、普通の母だった。小柄でよく笑って、いつも近所の奥方と長話をしていて、よく卵焼きを焦がした。

「ありがたみがわからないだけだ。おまえが母から生まれたのなら、俺は石から生まれたのだろうと、ほんとうに羨ましく思ったものだ」

大分にいる頃、資紀は同じ屋敷に住みながら年に一度か二度しか母親に会わなかったと言った。一度は正月、二度目は出征からの帰郷の挨拶だ。甘えた記憶はないらしい。九つの歳まで世話係を兼ねた乳母がいたが、病気で屋敷を辞してそれきりだという。

母親の愛情を知らないと資紀は言った。資紀の話を聞いていると、希のほうが資紀の母のことを知っているような気がしてすぐに伝えた。

「奥さんも、坊ちゃんを愛しておいででした」

「そんなはずはない」

資紀が特攻へ行った日、資紀の母の怒りを受けたことも打ち明けて謝罪した。ひどく悲しんでいたと伝えた。だが資紀はそのときも「あの人は家の名誉に塵ひとつつくのが嫌なだけだ」

と言って、自分の母親の気持ちを理解してやるそぶりは見せなかった。

「説明するのが難しいのですが、間違いなく、坊ちゃんを誰よりも愛しておいでです」

うまく話して聞かせられる自信がないのもあるが、こればかりはもっと正気なときに話して聞かせようと思っていた。

酔った資紀は、最後に、ガラスのテーブルに金平糖を並べた。

「こうして見せたかったんだ。並べてみるとじつに他愛ないな」

「嬉しいです。きれいだと思います」

子どもの遊びと言われればそれまでだが、青くてやわらかい刺が生えた金平糖が星座の形に転がる姿は、何とも涼しく愛らしい。青い粒が誂えたようだ。資紀は凝り性だから、金平糖のわずかな大きさの違いを見比べて、星の等級に相応しい大きさのものを並べてくれた。

「逆ですよ。坊ちゃん」

まん中の三連星を並べる資紀に、傾きが逆だと希は囁いた。

「これで合っている」

相変わらず資紀は、空の星より、希のオリオンを愛してくれている。

資紀の声がだんだん間遠になり、いつの間にか絶える。資紀は眠ってしまっていた。叱られないのをいいことに、資紀の髪や頬を撫でて過ごしていたがそろそろ真夜中だ。自分も眠らなければ、明日の仕事に差し障る。

テーブルには資紀が並べた金平糖がそのままになっていた。少し歪な配置の、傾きが逆のオリオン座だ。酔って並べたぎこちない形が幼児が並べたようで、微笑ましく切なくもなった。ずっとこのままにしておきたかったが、資紀が目を覚ましたら、早く片付けろとまた不機嫌に言うだろう。

鏡映しのオリオン。まん中の三連星を辿ってゆくとシリウスが――ご丁寧に、そこには特別のようにひとつだけ入っていた白いハッカの金平糖が置かれている。

しまわなければならないのはわかっている。このままどこかに移すことができないのもわかっている。いっそこのまま夜空へ上がらないだろうかと願った。悲しくなるほど惜しかった。

希は子どものように悩みに悩んだ挙げ句、一人で全部食べてしまった。

青く光る星は、爽やかなサイダーの味で、甘く、淡く口の中に溶けた。

昨夜、何も準備をしないまま眠ってしまったから朝が慌ただしい。

背広を出し、ネクタイを選ぶ。鞄の中を整理し、今日必要な資料を書斎から選んでくる。

朝食の片付けが終わった台所で、希は食器棚の扉を覗いていた。

「えっと……確かこのあたりに」

ガラスの扉の下。こざこざと小さな容器をしまってあるところを探ってみると、記憶通り、手のひらにつつめるほどの丸いガラスの容れものが見つかった。吹きガラスの小瓶だ。電球くらいの大きさで、英語が刻印された銀のブリキの蓋がついている。

希はガラスの容れものを棚から取りだし、配膳台に戻って蓋を開けた。

うす水色の容器の中に、ざっくり破れた和紙の袋を傾け、金平糖の残りを移す。

最後の一粒を入れたところで口までいっぱい。誂えたような大きさだ。

星を詰めた玉のようになった。

小さな銀の蓋を大切に閉めたところに隣の部屋から声がかかった。

「何をしている。行くぞ?」

資紀の声だ。時計を見るといつも出かける時刻を過ぎている。

「はい。ただいま!」

大きな声で答えて、希は瓶を握って台所を出た。

資紀はすでに希の鞄を持って、玄関に立っている。希はソファの背にかけておいた背広を拾い、金平糖を詰めた小瓶をテーブルの上に置いた。

資紀はすでに扉を出ようとしている。希は急いで靴を履き、そのあとを追った。

「嬉しそうだな。何かあったか」

石張りの道を歩きながら資紀が尋ねる。

希は心にも星を詰めたような気分になりながら答えた。

「坊ちゃんは、いつも俺に星をくださいます」

「どういうことだ」

「帰ったらお話しします」

今の嬉しい気持ちは、言葉にすると半減してしまうような気がした。大切なものを資紀に見せたい。五歳のときから胸の奥できらきら光るあの珠のような輝きを、夜空を見るように、直接資紀にも見てほしかった。

今日も一日、仕事を頑張ろうと思いながら希は続けた。

「星の話です」

不思議そうな顔をする資紀に、希は微笑みかえした。

青い星が詰まったガラス瓶がテーブルの上に残されている。

遺言

希は資紀のアパートの掃除を任されている。

資紀もいっしょにすると言うのだが、何せ彼が参加するとなにごとも大変になる。『掃除も訓練のうち』と言われていた予科練や兵学校の頃ならまだしも、社会人として朝から遅くまで会社で働き、閉店間際の定食屋でやっと食事を腹に入れ——それさえときおり食べ損ねるのだが——くたくたになって帰宅してから、家中をぞうきん掛けすると言い出されてはたまったものではない。

なので、簡単な掃除を希は進んで請け負い、週末は資紀とふたりで掃除、月に一度は丁寧な掃除をすることにしている。

——十分だと思うけどな。

心の中で呟きながら、希は腰に差してあったハタキで、本棚に並んだ本の天をすっと奥まで撫でた。

資紀は『社会人だから、多少、私生活がだらしなくなってしまうのはしかたがない』とため息をつくが、この部屋は資紀と希の二人暮らしだ。散らかす者もいないし、二人とも日中は留守だ。他に人もいないので埃も立たない。

しかしこれで資紀の気が休まるならお安い御用だと思いながら、希は再びハタキを腰に差し、ぞうきんで棚の前や横を拭いた。

資紀の部屋の掃除というのはやりやすい。元々整頓癖があるから、純粋に掃除だけだし、触っていいものとか悪いものとかの区別もなく、気を使う場所がまったくない。

――お前に見られて困るようなものは、この部屋には何一つない。

ひきだしも通帳も本棚も、すべて好きにしていいと言う。日記すら見ていいと言われ、さすがにそれは無遠慮も過ぎると思ったのだが、資紀がほとんど無理やり広げて見せてくれる限り、資紀が日記と称するものはほとんど記録簿だ。今日はどこどこの会社の何々専務と会食、何時から何時まで、店の名前、取引内容について。あるときは家賃の値上がりについて、灯油の価格について、バスの時刻表の覚え書き、気になるポスターの掲示場所。

日記と言えば日記なのだが、確かに見られて恥ずかしいことなど一つもない。

――おまえの日記は……、と、切り出されそうになって、希は慌てて「もう書いておりません」と答えた。昔のような長い日記は書いていないが、手帖(てちょう)には資紀が好きな料理屋の名前とおしながき、酒の種類、資紀の横顔が美しく見えたとき、その稜線を思い出しながら、たった一本線を引いたものもある。分量はごく少ないが、ほとんど資紀が好きだと書いているも同然だ。到底見せられたものではない。

昔からこうだったけれど、本当に清廉潔白な人だ。

部屋を見るかぎり、人間味が少ない――というのは悪い意味ではなくて、資紀自身が心の中まで整頓されたきれい好きな人というだけで、本心は誰よりも優しいことを希は知っている。

端から棚を掃除していたとき、いつもの場所に行き当たって、やはりいつもの通りに木箱を眺めた。目線よりやや高い位置、陽が差さない場所に長細い木箱が詰められている。

隣には本がぎっしり並んでいるが、けっして木箱の上に物が置かれることはなく、大切にされていることが知れる。

こちらを向いている面には墨で、《貴重》と書かれ、一本の紐で蓋が固定されている。中味を希は知っている。初めてこの部屋に来たとき見せてもらった。

――断ち落とされた自分の右手の先だ。

希を助けるため、資紀は希の右手を切り落とした。その後、手首は資紀の懐に入れられて本土の飛行場を飛び立ち、航空機が海に墜落して、アメリカ軍に捕らえられたあともずっと、資紀が持っていたというのだ。

手首はとっくに乾燥し、干物のようになって綿に包まれている。もうどう足掻いたってこれをくっつけたりはできないのだから、法的な問題がなければ捨てていいと希は言ったのだが、そんなことができるかと叱られて、相変わらずここにある。

希は木箱を眺めた。あれ以来、一度も見てはいないのだが、どうなっているのだろう。

資紀からは、触ることを禁じられていない。捨てることは許されないが、箱の中を見るのは自由だ。

興味ではなく、悲しさからでもない。ただ何となく見てみたくなって、希は棚から箱を取り出した。

やはり、箱の上にも貴重、取扱注意、と書かれてある。紺色の紐を解き、蓋を外すと中から綿が出てくる。

樟脳のにおいがする。新しい乾燥剤がいくつも入っている。

それらを丁寧に取り出して、綿を掻き分けると、あの日と同じ、乾燥した右手が入っていた。乾いた木のように捻れ、飴色に変色した皮膚に微かなうぶ毛のなごりがある。

これが自分の右手だと言われても、なかなか実感は湧かないが、よくよく見ると爪の形が左手と同じだった。

想像通り、こうして眺めてみても、悲しみや怒りなどは湧かなかった。元自分の一部だったものに対しての微かな愛着と、生きていてよかったと改めて実感するばかりだ。

懐かしい写真でも見るのに似ているのかもしれない、と思いながら、希が乾燥剤などを元の通りに箱に入れようとしたときだ。箱の壁にぴったり添うように、白い封筒が入れられていることに気づいた。以前は気がつかなかったものだ。

なんだろうと取り出してみる。

封筒の表には「願」と書いてあり、裏に資紀の名前が書かれている。相変わらず達筆だなと思いながら何となくそれを眺めたあと、ぎょっとしてしまった。

成重資紀（なりしげ）――昔の名前だ。

封はされておらず、中味は簡単に読めるが、自分が読んでいいものだろうか――。

資紀がこれを計算に入れていないとは思わない。見るのも見ないのも希の自由、読んだ希がどんな感想を抱こうとも、その責任も資紀は負うつもりだろう。

しばし悩んだが、希は中味を見ることにした。

謝罪の言葉が綴（つづ）られているなら、資紀に突き出して、これだけは始末してもらおうと思った。もはやこれは自分の一部ではない。髪や爪と同じ、自分から発生した、生きるために切り捨てるべき死んだ細胞なのだ。こんなものを側（そば）に置いて、資紀がいつまでも苦しむことはないと、軽い怒りと悔しさを覚えながら、希は三つ折りにされた便箋を開く。

願、と、一行目にあった。

《私が不慮の事故で、どなたかがこの部屋を始末することになったとき、下記の願いだけは叶（かな）えていただきたく、切に望む。この手首は、私の大切な人の手なるものにて、下記住所まで丁重に届けていただきたく願う。》

として、その後に希の実家の住所と、希の名前が記されている。

《もし受け取られなかった場合、私の棺（ひつぎ）に入れ、もしくは同じところに埋葬してほしい》

後は延々と、とにかく丁重に扱ってほしいと書かれているばかりで、詫（わ）びの言葉などはない。

ただ希に手首を返したかっただけなのだろう。あれほど嫌がっている本名を晒（さら）してまで、特攻に失敗し、家を守る役目からも逃げた無責任な臆病者と思われるだろう、と言っていたにもかかわらずだ。許されるとは少しも思っていないのは、今の資紀を見ていればわかる。

一から作り直した自分の名誉を汚してまで、ふたたび希のために身を捧げようと資紀はしていたのだ。

希は手紙を手にしたまま、涙を落とした。どこまで優しい人なのだろう。どこまで丁寧な人なのだろう。

希は、手紙や樟脳などを元の通りに箱に収めた。

一旦蓋をして、自室に戻り、便箋を取り出して万年筆の蓋を開ける。

左手で文字を書くのももうすっかり慣れた。

同じく、願、から書き出す。

《この右手は、私の右手です。もし不慮の事故にて、ここに右手が残ったときは、私の身体の一部として始末していただき、可能なら骨になったあとも、資紀さんの側にいたいです》

こう書くことが許されるかどうか希にはわからない。だがこの手紙を誰かが見るとしたら、希がいなくなったあとだ。なりふり構わず願ってみる価値はある。

希は最後に署名をし、箱の側に戻って、同じ封筒の中に便箋を忍ばせた。

元の通りに紐を結び、箱を棚の中にしまう。

「……秘密の箱だったんだな」

きちんと収まった箱を見て、希は感慨深く呟いた。

ただの右手が入った箱だと思っていたが、この中には資紀の誠実さと、資紀の本名が記されている。そして今、希の秘密も入れてしまった。

これがふたたび開かれる日、世界はどうなっているのだろう。箱を眺めながら希は想像する。

いずれにしても満足で幸せな日に違いないと、濡(ぬ)れてくったりとしたぞうきんをふたたび手に取って、希は掃除を再開した。

青いカップの神様

どれだけ忙しくても、作業中怒号が飛び交おうとも、客の喜ぶ顔を見るとやってよかったな、と思うのがこの仕事のいいところだ。

中折れ帽子を胸に当て、天狼刷版の扉の前で、小太りの社長が帰り際に言い残していく。

「おかげで、正月の贈り物も注文殺到で、これもひとえに天狼刷版さんのおかげです。今度も頼みましたよ？」

テカテカに脂ぎった顔に満面の笑みを浮かべて社長は出ていった。

左手で静かに扉を閉めて、希は資紀を振り返った。

「上機嫌でしたね」

昨年、婦人用の鞄の壁張りを作った会社だ。大変売れ行きがよく、壁張りを欲しがる人が大勢いたということだ。昨年、渋る社長に思い切って女優を雇えと資紀が言った。そのときは『うちは品物だけで売れるんです』と突っぱねた社長だったが、いざ女優が持っているバッグの壁張りがデパートに貼り出されるとものすごい売れ行きで、東京からも客が訪ねてきたらしい。社長は非常に喜んで『女優を雇わせてよかった』と、彼の思いつきで注文したようなことを吹聴したが、資紀は「言わせてやれ」と、笑ったかそうでないかくらいの満足そうな顔で、口を尖らせる希に言ったのだった。すると、次は帽子と小物入れの壁張りを注文してくれ、それも評判となって、さらに今度は持ち運びの化粧箱の壁張りを作ってくれと注文しに来た。挙げ句、最大二人まで女優を雇ってもいいと言って帰った。現金なものだ。

「あのお、希さん」

女性事務員が、窺うように希に声をかけた。反対側の机からも別の女性がこちらを見ている。

「さっきの会社から、試供品をくださったりしませんかねえ?」

「さあ、どうでしょう」

奥にある応接のソファにいる資紀の様子を窺うと、楽しそうだ。うちの女性社員は流行に敏感だ。次の商品も売れるに違いない。

「いただけるようでしたら、持ち帰ります。安く譲ってもらえるかどうかも聞いてきますね」

そう言う間にも、資紀は午前中に用意してあった鞄と上着を手に立ち上がった。大阪に商談だ。汽車の時刻も迫っている。

希は、こちらにやってくる資紀を扉のところで待った。今回希は留守番だ。発注や倉庫との連絡の仕事がある。

「インクの発注を頼むぞ?」

扉を開けながら資紀が言う。

「はい、年末年始にかかりますので、多めに注文しておいていいでしょうか」

十一月、怒濤の暦製作の忙しさは乗り切った。半分会社に住んでいた。来週からは、正月の贈り物の印刷で忙しい。最近は年賀とともに、品物を添えて出すのが流行(はや)りだそうだ。

「ああ。任せる。今日は早く終われよ？」

「お言葉に甘えます。社長も気をつけて」

出てゆく資紀を見送り、振り返ると女性たちが目を輝かせている。

「井筒屋(いづつや)に行きましょう！　間に合うわ」

「銀天街(ぎんてんがい)に宝石店ができたのよ。そっちにしない？」

戦後、小倉の町はあっという間に都会になった。嬉(うれ)しさに少しだけ寂しさが纏(まと)わり付くのを堪(こら)えながら、希は左手で右手首を握って、楽しそうに話す彼女たちを眺めた。

いつも希は、飲食店のある裏道を通って効率よく帰宅するのだが、今日は資紀は留守だし、言いつけ通り夕方五時に会社を閉めた。

まだあるかな。

何となく思い出して、希は賑(にぎ)やかな通りのほうを回って帰ることにした。いつの間にか雑貨屋が開いていて、そのショウウインドウが通りに面している。そこで気になるものを希は見た。

通りかかってみると、縦長の窓の側にはまだ、青い紅茶用のカップが売れ残っている。金縁で、あのルリビタキを思わせる青い色の、鮑(あわび)の貝殻の内側のように角度できらめく加工をしている。そのカップは二客組で、ずいぶん高そうだ。

前に通りかかったときは資紀がいっしょで長く立ち止まることができず、見るからに高そうだったからよく見なかった。

今日はひとりだ。

立ち止まって、ショウウインドウを覗いた。輸入品ばかりの、上等そうな店構えだ。覗き見るカップの奥に値札のようなものが置いてある。値段は——一万五千円と書いてあるように見える。

希の給料の一月半分。とはいえ、会社勤めをしていると服が要ったり、靴が要ったりするから全部を自由に使えるわけではない。それでなくとも小銭を握って資紀の部屋に転がり込んでしまったのだ。冬になれば半纏が要り、ボイラー代も半分出すと言ってしまった（そもそも家賃や食費は資紀持ちなのだ）。

坊ちゃんに似合いそうだけれど——。

値段を見れば、諦めはつく。まだしばらくは高嶺の花だ。いずれ給金は上げてやれる見込みだと資紀は言った。だがそれは、早くとも春以降の話だ。

あれから何となく、ひとりで外に出ると、あのショウウインドウの前を通ってしまう。

何回も見たからよくわかった。瑠璃色の英国製のカップだ。

通るたび、あのカップを見ては、いっそ売れてくれないだろうかと思ってしまう。

正月の贈り物として、日頃世話になっている資紀に、あれを差し出せればどれほどいいだろう。貯金を下ろせばなんとか足りる。だが資紀からは、崩すときは先に言えとも言われている。来月の給料から前借りできればと思うが、それもすなわち資紀に尋ねるしかなくて意味がない。

事務所の机でため息をついていると、背後から声がかかった。

「希さん、お昼を食べに行かない？」

事務員たちだ。時計をみると正午を少し過ぎていて、彼女たちは代わる代わるに休みに入り、弁当がない者は、近所の店に食べに行く。今日はいつもよりも和やかだ。資紀は今日も出張に出かけていて、戻るのは夜になるだろうと言っていた。

「お昼にみんなでお店に行きましょうよ」

弁当を持っているらしい女性が一人「私が留守番します」と言う。

「いいえ」

こんなことをしたって無駄なのに、と思いつつ、希は首を振った。

「俺も昼は持ってきたので」

鞄の中には、安いパンが一つ入っている。

その日の帰り、目を伏せて雑貨屋の前を通り過ぎたが、隣の店を過ぎない内に足が止まってしまった。

目を閉じても、どうしてもつま先が進んでくれず、後ろ髪を引かれているようにそこから動けない。

「——……」

高価い……。

自分に言い聞かせたがどうしても諦めきれず、希は店に入ってみることにした。

中は、こぢんまりした店内に赤い絨毯敷きで、珍しいものが壁一杯にぎっしり並んでいた。象牙の花瓶や、七宝の時計、どれも高そうで珍しそうな物ばかりで、難しそうな店だ。

いらっしゃいと、年老いた店主らしい男が声をかけてくる。希はそれに会釈をして、カップのほうに近寄った。

値段は間違いなかった。しかし、煙草のヤニで曇ったガラス越しに見るよりも何倍も輝いて美しかった。

希は迷ったが、カウンターの奥にいる店主のほうに歩いていった。

「あの、窓際の、青いティーカップなのですが、一客だけ譲っていただくことはできませんか？」

資紀のだけでいいのだ。半分なら何とか払えそうだ。

老人は広げていた新聞から顔を上げ、片眉を上げて希を見た。

「あれはペアですからね。二つ組でお願いしています」

「そうですか。……わかりました。失礼しました」

元々無理な相談だ。だが、今度こそ諦めがついた。

希は、カウンターから離れて、軽く店内を眺めた。ティーカップは残念だが、金細工の象などは、開店祝いに使えるかもしれないと思いながら店を出た。

真夜中も、十二時を回ってから資紀が帰ってきた。

変わったことはなかったか、と聞かれたので、ありませんでした、と希は答えた。

† † †

我ながらしつこい。

解けない数学の計算問題を四日粘って泣いたときは、兄が見かねて教えてくれた。そういう性分なのは希にも自覚があって、いよいよ目の前から消えてしまうまで、多分自分は諦めきれないのだ。

このまま節約をして、もし、再来月まであそこにあったら購入しよう。本当は正月に贈りたかったけれど、正月でなくともあのカップは資紀に似合う。

そう思いながら銀行帰りに店の前を通りかかって希はあっ、と、窓の奥を見た。黄ばんだ値札が新しくなっている。

数字は四万五千円。

三倍……？

どうしてだろうと希は考えた。金の相場が上がったから？　陶器が高騰したとは聞いていない。

希は、店に入ってみた。この間とまったく同じ様子で店主がいた。

「あ、あの、窓際のティーカップですが」

「二つじゃないと、譲らないよ？」

「わかっています。あの、必ず買いに来ますから、取り置きしていただけませんでしょうか」

貯金を崩そうにも、資紀はまた昨日から出張中で、わざわざ泊まり先に電話を掛けるような用事ではない。もし貯金を崩すなと資紀が言うなら、再来月まで待ってもらったら何とか引き取りに来られそうだ。

だが店主は取りつく島もない。

「ムリだね」

「私が買いたいんです」

「客が来なければね」

　あんな値段のカップを買う客が来るわけはそうそうないとは思いつつも、余計遠ざかったような気がして、希は肩を落として店を出た。


　天狼刷版も、もうすぐ正月休みだ。

　我が社製の暦は正月に一斉に世間に出回るが、製作自体は十一月には終わっているから、いっそ暮れが迫ると余裕があるのだった。

　今年の仕事も残り二日だ。明日は会社の大掃除。商店街に鏡餅を買いに行って、酒も買って、資紀のアパートも正月を迎える準備をしなければならない。

　希は右手が不自由なので、普段のお茶は女性陣が淹れてくれる。会社に帰ってきたばかりの資紀にも早速お茶が出されていた。

　希は左手で器用に積んであった書類を選り分け、資紀に報告する分を摘まんだ。

　そうすると、いつもの机で資紀が言った。

「みんな来てくれ。工場のほうも」

事務員が工場に人を呼びに行き、全員集まると、二十名ほどだ。

「気持ちばかりだが、今から特別報奨を渡す。良い正月を迎えてくれ」

資紀はそう言って、机の上に二十通ほどの茶封筒を取りだした。

女性社員がおそるおそる身を乗り出す。

「冬のボーナスなら、今月半ばにいただきましたけど……？」

「お疲れ過ぎでは？　社長」

別の女性が彼女に身を寄せながら顔を歪（ゆが）めた。渡したことを忘れそうなくらいには資紀は忙しい。先日のボーナスでも、まだ一人前とは言えない希にも、結構な金額が渡されていた。

資紀は、相変わらず笑みに届かないくらいの得意げな顔で一枚の封筒を摘まんで見せた。

「儲（もう）かったということだ」

「きゃー！　社長素敵！」

途端に黄色い声が上がるところが、我が社のいいところだ。

勤めが長い順番に、一人ずつ、資紀からの礼の言葉とともに封筒を受け取った。一番最後は希だ。

「こ、こんなに……？」

工場の男が、封筒の口を覗いて資紀を見る。

「よく頑張ってくれた」

こういうところは相変わらず士官らしいと、胸を熱くしつつも、希は今にも駆け出したくて、足がそわそわしてたまらなかった。

用事があると言って、資紀と別に帰ることにした。理由を訊かれたので、映画の看板を見てくると答えた。

なんとかなるかもしれない。

少し、値を下げてくれるよう頼もうと思っていた。前の値段よりは少し高くてもいい。持ち金全部でどうにかならないかと頭を下げてみようと思った。

夕方、冷たい風の中を急いで歩いて、雑貨屋に行った。

店に入ってはっとした。

ショウウインドウに、カップがない。

「あ……あの……！」

「売れたよ」

相変わらず店主は素っ気なく言った。

どうして、誰が、と尋ねたところで何の意味もない。

「……そうですか……」

残念すぎて呆然とするが、どうがんばっても希の手に入る運命ではなかったのだろう。

だが、今度こそきれいに諦めがついた。ないものは買えないし、未だあれと同じものを見たこともない。

どうしよう、と思ったが、希は気持ちを切り替えて、他の物を見てみることにした。カップだけに熱中していたが、元々この店には、高級で珍しい物が多い。ティーカップもあれだけではなかったし、一客の品もある。

どれにしよう、と思っていると、店主が再び口を利いた。

「掘り出し物を見せようか？」

「はい」

台に並んでいる珍しい石の嵌まったネクタイピンも気になったけれど、まずは店主のおすすめを見ることにした。

「これもよそでは手に入らないよ？」

匙の尻に青い石が嵌まった金のスプーンだ。

「ラピスラズリの良い石でね、これなら二本で、安く買える。この細工は珍しいよ？」

あのカップほどではないが、青い石は満足がいくくらい美しかったし、金の品質も良いようだ。曲線を描くスプーン自体の細工もいい。それに見た目よりもずいぶん安く、安物というほど安くはないが、あのカップのように崖から飛び降りるような値段でもない。

「じゃあ、これをください。包装できますか？」

慰めかもしれないが、家にはティーカップはすでにあるので、こっちのほうがいいかもしれない。

一本でいいのにと思ったが、紺色の別珍の中で寄り添うような二本のスプーンを引き離すには、あまりにかわいそうな気もした。

夜はなじみの定食屋に行くことにしていた。

部屋に帰ると、私服に着替えた資紀がいる。

「お待たせしました。すぐに着替えます」

包装されたスプーンは、希の鞄の中に入っている。新年まで一週間ほどだ。正月に開けてもらおうと思って部屋に行こうとしたとき、「希」と呼び止められた。

「はい？」

「これを開けてみてくれないか」

資紀の目の前、居間のテーブルには包装された箱がある。結構な大きさだ。

「なんでしょうか？」

資紀は時々、会社とは別に、取引先から貰（もら）った菓子などを家に持ち帰ることがある。

視線で「開けろ」というのに、はい、と頷いて包み紙に手をかけた。普段包装紙は、資紀が開けてくれるのに、どうしてだろうと思いつつ、セロテープに爪を立てて包装を剝がすと、中から立派な化粧箱が出てきた。菓子と言うには上等すぎる。表に英語で社名やマークのようなものがあるが、希にはわからない。

前から開ける蓋で助かったと思いながら、箱を開いてみて希は、大きく息を呑んだ。

あの、青いティーカップだ。二客並んで箱に収まり、横の方からソーサーが見えている。

「近所の店で売っていた。どうにもおまえを思い出して」

「こ、これ……高かったでしょう⁉」

冷や汗を搔きそうになりながら、資紀を見るが、資紀は「そうだな」と言うだけだ。普段の資紀は非常に質素だ。客に会うときの服だけ、商談にゆく鞄と靴だけ、驚くような値段のものだがそれ以外は、印刷会社の社長という一国の主というのに服や靴下も繕って使う。

「これは客に出すな。俺とおまえで使う。いいな？」

「どうして……」

「新年の祝いだが、新年を待つことに、何の意味があるだろうか。そもそもこの家にあるものはおまえが管理しているのだから、隠しても無駄だ」

それなら、と、希は椅子に置いた鞄に手を伸ばした。

「本当は、正月に出すつもりだったんですが……」

そう言って、小さな箱をカップの箱の隣に差し出す。

「開けていいのか」

「はい」

資紀はいとも易々と包装紙を開けると、中の小さな箱も開けた。

「美しいな、良い品だ」

「はい」

店主の目利きは確かだったようだ。おすすめの品を買ってよかった。資紀は、カップの隣にスプーンの箱を並べた。

美しいカップに、不思議なくらい金のスプーンは映えた。ソーサーの上に添えたら、青い石がカップの曲面に映ってなお美しいだろう。

「ありがとう」

「いいえ、俺こそ」

礼を言われて希は身を乗り出した。

「あの、このカップ。本当に、素敵です。本当に欲しかったんです！　ありがとうございます！」

「そうか、よかった」

相変わらず言葉少ないが、資紀も満足そうに見えた。

そして希には新たな悩みが加わった。

どうやって、いつ話そう。

このカップにまつわる、希の滑稽なまでの心の嵐と奇跡のことを。

† † †

この年末に、骨董(こっとう)雑貨を買ってゆく人は結構いるから不思議なものだと、その雑貨屋のおかみは思う。街中の景気が良いからありがたい。夫は『こんな珍しい物は日本中探してもうちでしか売っていない』と言うが、輸入雑貨など、そもそも博打(ばくち)の商売だ。大儲けをしたり大損をしたり、おしなべて見ればトントンというところだろうか。

おかみは、朝届いた新聞を翌日の朝まで読み続ける我が夫の側まで来て「お風呂沸きましたよ、お父さん。もうお店は閉めたらどうですか」と声をかけた。

夫は「んん」と曖昧な返事をしてから、また新しい煙草をつける。

いつもこの調子だと半ば諦めつつ、さすがに薄暗く感じる店を眺め、昼間のことを思い出してため息をついた。

「アンタ、人が良いねえ」

「何のことね」

「せっかく四万五千円で買おうって言う人が来たのに、元の値段で売るなんて」

売れ残り扱いのティーカップの値段をいきなりつり上げたときは、売れなさすぎてとうとう愛着が湧いたのかと思った。それも外から見える位置にいるのだから、もう名物にでも何でもなればいいさと思って知らん顔をしていたところ、買いたいという客が来たのだ。すわ自らの値段に驚いてカップの神様が目を覚ましたかと思ったのに、夫はその値段を戻して売った。丁寧に、包装までして。

夫は、変な石の灰皿に灰を弾いてまた、きゅっと煙草を吸う。

「印刷屋の社長だろう？　若い方はあそこのお付きの人だ」

最近、若い男があのカップを買いに来た。正直なところ売れ残る見込みなのだから、少し安くしたって売ればいいのに、と思ったのに夫は売らなかった。そうかと思ったら馬鹿みたいに値をつり上げて、終いには安く売ったのだ。意味がわからない。

「あのな。こっからさ、あの窓の向こうが見えるんだよ。俺は社長が買うと思ったんだ」

「だから値を上げたんでしょう？」

「いいや。お取り置きしとくよ、って意味だ。名残惜しそうに忙しそうにいつも見てたからね。社長なら五万円でも買うと思った」

「売ればよかったのに」

「うちは悪い商売はしないんでね。物が一番幸せになるように売るのが商売だよ」

「ふうん、そんなもんかね」

まだ当分風呂に入りそうにないなと思いつつ、膝を押さえておかみは立ち上がった。

物好きが高じて営む店だが、商売を気取るつもりなら、どうしてあの金のスプーンを半額で売ってしまったのか。

末永く幸せに

暮らしてください。牧.

この本を読んでのご意見、ご感想を編集部までお寄せください。

《あて先》〒141－8202　東京都品川区上大崎3－1－1　徳間書店　キャラ編集部気付

「天球儀の海」係

【読者アンケートフォーム】

QRコードより作品の感想・アンケートをお送り頂けます。

Chara公式サイト http://www.chara-info.net/

■初出一覧
天球儀の海……蒼竜社刊（2012年）
※本書は蒼竜社刊行 Holly Novels を底本とし、番外編「青いカップの王様」を書き下ろしました。

Chara

天球儀の海

2024年4月30日　初刷

著者　尾上与一
発行者　松下俊也
発行所　株式会社徳間書店
〒141-8202 東京都品川区上大崎 3-1-1
電話 049-293-5521（販売部）
03-5403-4348（編集部）
振替 00140-0-44392

印刷・製本　図書印刷株式会社
カバー・口絵　近代美術株式会社
デザイン　川谷康久（川谷デザイン）

【キャラ文庫】

ISBN978-4-19-901130-6

尾上与一の本

好評発売中

[蒼穹のローレライ]

イラスト✦牧

時は太平洋戦争中期——。空路ラバウルの基地に向かっていた整備員の三上（みかみ）は、敵襲の危機を一機の零戦に助けられる。不思議な音を響かせて戦うその零戦のパイロットこそ、≪ローレライ≫の二つ名を持つ浅群塁（あさぬまるい）一飛曹だった——!!「俺は一機でも多く墜として名誉を取り戻す」と、命知らずな戦いを続ける塁。三上は塁の機専属の整備員に任命されて…!?　尾上与一（おがみよいち）の初期最高傑作≪1945シリーズ≫待望の復刊!!

尾上与一の本

好評発売中

[セカンドクライ]

イラスト✦草間さかえ

相続放棄したかったのに、とんでもない遺産を押し付けられた!? 実家と縁を切り、その日暮らしの駆け出し画家をしていた桂路(けいじ)。そこに現れたのは、兄が目をかけていた秘書見習いの慧(さとし)だ。幼い頃、育児放棄されて愛情を知らずに育った慧と、兄の遺言により旧い洋館で一緒に暮らすことになり…!? 心が未成熟な青年と描く物を見失った画家——生きづらさを抱えた者同士が見つけた再生の物語!!

尾上与一の本

好評発売中

「花降る王子の婚礼」

イラスト✦yoco

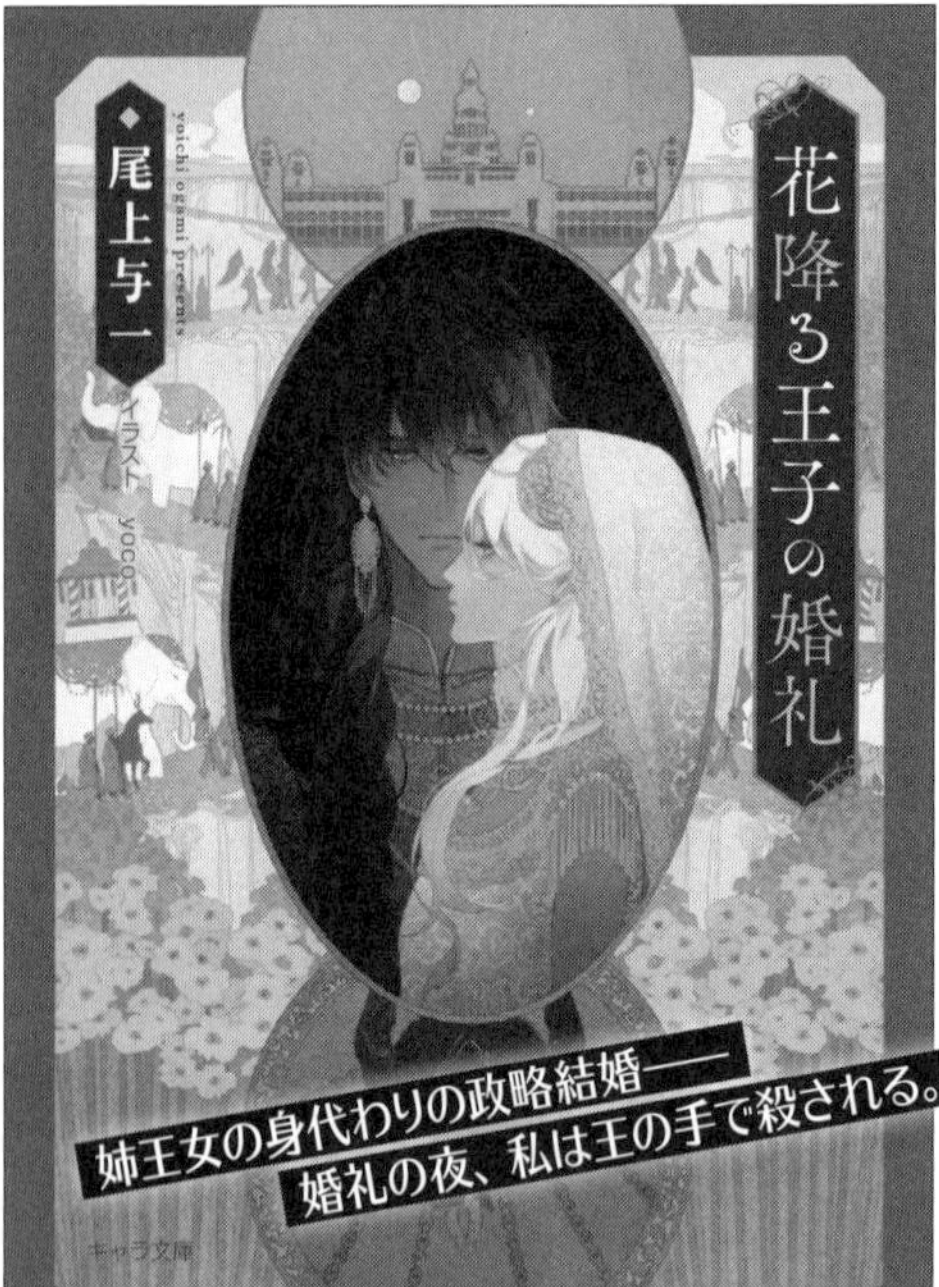

武力を持たない代わりに、強大な魔力で大国と渡り合う魔法国――。身体の弱い姉王女の代わりに、隣国のグシオン王に嫁ぐことになった王子リディル。男だとバレて、しかも強い魔力も持たないと知られたらきっと殺される――!!　悲愴な覚悟で婚礼の夜を迎えるけれど、王はリディルが男と知ってもなぜか驚かず…!?　忌まわしい呪いを受けた王と癒しの魔力を持つ王子の、花咲く異世界婚姻譚!!

尾上与一の本

好評発売中

[雪降る王妃と春のめざめ]

花降る王子の婚礼2

イラスト✦yoco

雪降る王妃と春のめざめ

尾上与一

イラスト✦yoco

一片の記憶も、僅かな魔力も失った。
けれど、私は確かにこの王を愛していた――

キャラ文庫

帝国皇帝となるグシオンを助けるため、大魔法使いになりたい――。それなのに魔力が不安定で悩んでいたリディル。そんな折、帝国ガルイエトが大軍勢で攻め込んできた!! 戦場のグシオンは瀕死の重傷、リディルも落馬して記憶喪失になってしまう。不安定だった魔力も、ほとんど失ってしまった…。リディルはグシオンを助けたい一心で、大魔法使いと名高い姉皇妃のいる雪国アイデースを目指し!?

尾上与一の本

好評発売中

［氷雪の王子と神の心臓］

イラスト✦yoco

大魔法使いとして生まれ、政治の道具として隣国に嫁ぐ重い定め――強大な魔力のため塔に幽閉されていた王子ロシェレディア。そこにある夜、現れたのは帝国アイデースの第五皇子イスハン。野心もないのに兄皇帝から命を狙われる身だ。「俺が皇太子ならそなたを攫えるのに」互いに運命に抗えず、あり得ない夢を語り逢瀬を重ねていたが!?　選んだ未来は茨の道――比類なき苦難と愛の奇跡!!

尾上与一の本

好評発売中

[虹色の石と赤腕の騎士]

花降る王子の婚礼3

イラスト✦yoco

生まれた時から肉体が維持できず、繭の中で一生暮らす運命（さだめ）――。けれどその繭が形を保てず崩れ始めた…!?　第二王子ステラディアースの生命の危機に、リディルに助けを求めたのは、お付きの騎士ゼプト。「あの方のためなら心臓を差し出しても構わない」と長年、一途に恋い慕い続けてきた男だ。大切な兄を救うため、リディルは愛するグシオンと共に、決死の覚悟で神域である虹の谷を訪れて…!?